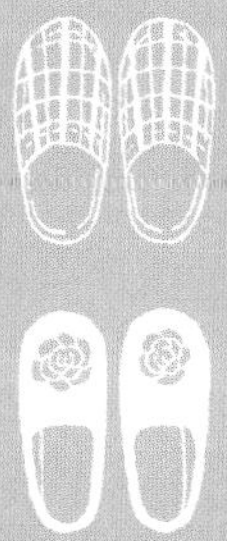

엄마,
나 결혼해도
괜찮을까

엄마, 나 결혼해도 괜찮을까

김재용 지음

알비

연애와 결혼, 인생에 대해 고민하는 딸들에게

'서른이면 뭐라도 될 줄 알았는데, 뭐가 되기는커녕 아직도 어느 길이 내 길인지 몰라 갈팡질팡한다. 제대로 된 연애도 못 하는데 결혼은 무슨 결혼. 믿을 수 있는 건 나 자신이 아닌 점쟁이 말뿐이다. 어쩌다 나는 들풀 같은 신세가 되었을까? 한 줄기 바람에도 온몸이 꺾이는 것 같다.'

어느 날 딸이 써놓은 메모를 우연히 봤는데 마음이 짠했습니다. 서른 전에는 일에 성공하고 싶다며 결혼을 안 하겠다더니 서른이 되고부터 결혼하고 싶다고 하더군요. 죽어라 공부하고 취업해서 앞만 보고 달리다 보니 이젠 좀 쉬어가고 싶었던 거겠지요. 그런데 결혼이라는 게 어디 마음먹는다고 되는 일이던가요? 소개팅은 매번 불발로 끝나고, 나이는 자꾸 먹어가니 불안해했습니다. 언젠가 결혼하고 싶어지면 하겠지, 하며 느긋하게 있던 나도 덩달아 불안해지기 시작했어요. 내가 뭘 해줄 수 있을까? 곰곰히 생각해 봤지만 별로 해줄 게 없더군요. 옆에서 딸을 지켜보는 게 참 힘들었습니다. 엄마들은 자식의 어깨가 축 처져 있는 걸 볼 때 제일 힘들거든요.

'결혼, 딸에게 해주고 싶은 이야기'라는 주제의 TV 프로그램에

출연한 적이 있었습니다. PD가 주문하더군요. "따님에게 영상 메시지 한 번 해보세요." 나는 "소영아, 힘들지?" 한마디를 해 놓고는 다음 말을 잇지 못했습니다. 왜 그렇게 눈물이 나던지요. 몇 번인가 심호흡하고 NG를 거듭한 끝에 겨우 녹화를 마칠 수 있었죠. 딸은 엄마의 분신이라더니 딸의 고민이 어느 순간부터 내 고민이 되어 있었습니다.

"내가 정말 결혼할 수 있을까?"
"이대로 나이 먹으면 어쩌지?"
"남자 만나는 게 점점 더 귀찮고 힘들어!"
"내가 원하는 일을 하고 싶은데 그래도 될까?"
"결혼하면 싱글일 때보다 행복해질까?"
"이러다 평생 혼자 살게 되는 건 아닐까?"

이게 비단 우리 딸만의 고민은 아니겠지요. 모든 게 두렵고 불안하기만 한 딸과 많은 대화를 나누었습니다. 알고 봤더니 딸은 참 헛똑똑이더군요. 결혼은 하고 싶어 하면서도 결혼에 대한 구체적인 생각이 없었고, 특히 연애에는 숙맥이었지요. 결혼하고 싶다면서도 소개팅 나가서 일 얘기만하다 오고, 소개팅남이 관심을 보이는 멘트를 날려도 무슨 의미인지 몰라 지나치고, 남자가 눈에 거슬리는 행동을 한 번만 해도 단칼에 끊어버리고, 만남을 주선해줘도 자기가 생각하는 기준과 다르면 만나보는 것조차 거절하고…. 아이고, 눈은 또 어찌나 높던지요! 게다가 '나, 괜찮은 여자니까 관심 있으면 네가 먼저

와' 하는 생각으로 남자를 만나니 요즘에 어떤 남자가 그런 공주병 여자를 좋다고 할까요? 20대 초반이라서 귀엽게 봐준다면 또 모를까.

엄마가 아닌, 인생 선배로 하나하나 짚어 줬습니다. 연애와 결혼이 왜 힘들게 느껴지는 건지, 소개팅에는 어떤 마음으로 나가야 하는지, 신랑감은 어떤 사람이어야 하는지, 나이 듦이 왜 두려워만 할 게 아닌지에 대해서요. 뭐, 대단한 조언은 아니었습니다. 여자로, 엄마로 매 순간 최선인지 아닌지를 생각하며 살아온 내 경험과 생각들을 말해주는 게 전부였어요. 참, 딸에게 도움이 될 만한 책이나 드라마, 영화 등도 꼼꼼히 찾아봤습니다.

이런 노력이 웅크리고 있던 딸에게 빨간 약 처방이 되었던 걸까요? 아니면 같이 고민하고 걱정해주는 내 표정만으로도 위로가 되고 힘이 되었던 걸까요? 마침내 딸은 그 많던 고민을 조금씩 내려놓을 수 있게 되었고, 몸과 마음이 아주 건강한 신랑감을 만나 올가을에 결혼할 예정입니다. 이 책은 딸이 신랑감을 만난 이후 쓰기 시작했습니다. 연애에서 결혼에 이르기까지 알아야 할 조언들이 내 딸에게뿐만 아니라 다른 딸들에게도 필요하지 않을까? 하는 생각에서였지요. 작가 알랭드 보통이 '출판의 이유'를 '소통하는 방법'이라고 했듯이 나도 서른 즈음을 고군분투하며 보내고 있는 많은 딸들과 고민을 함께 나누고 싶었습니다. 오호, 그러고 보니 예비 사위 엄태섭 군이 이 책의 일등공신이군요!

이 책은 연애와 결혼, 인생에 대해 고민하는 딸들과 위로해주는 엄마의 체온이 고스란히 담겼습니다. 딸들이 묻고, 엄마가 조곤조곤 말해주지요. 사랑이 어떻게 변해 일상이 되는지, 인생이 어떻게 흘러가는 건지, 결혼이란 게 여자에게 어떤 의미인지를요. 내 얘기일 수도 있고 친구의 얘기, 친구의 친구 얘기일 수도 있습니다. 초행길도 미리 정보를 알고 가면 훨씬 더 찾기 쉽고 덜 긴장되는 것처럼, 먼저 인생을 살아본 선배의 삶을 엿보고 힌트를 얻는 것도 도움이 되지 않을까요? 정답이 없는 인생이라는 길 위에서 어디로 가야 할지 막막할 때, 이 책의 어느 한 페이지에서 위로받거나 고개를 끄덕일 수 있다면 좋겠습니다.

"인생의 가장 큰 영광은 결코 넘어지지 않는데 있는 것이 아니라 넘어질 때마다 일어서는 데 있다."고 하지요. 때로는 주저앉아 있고 싶어지고, 때로는 울고 싶을 때도 잦지만 그래도 캔디처럼 '외로워도 슬퍼도' 꿋꿋하게 스스로 답을 찾아가길 바랍니다. 스스로 찾지 않는 사람에게 인생은 아무것도 주지 않아요. 차가운 절망 속에서도 자신을 스스로 흔들어 깨우며 살다 보면 머지않아 곧 가슴 뛰는 날이 올 거라 믿습니다. 지금, 많이 힘든가요? 그렇다면 잠시 쉬었다 가도 돼요. 토닥토닥!

2015, 다시 봄

김재용

차례

01

"아니, 아녜요. 전 눈 안 높아요.
그냥 '필'이 좀 통했으면 좋겠어요."

02

"결혼, 하자니 두렵고, 안 하자니 불안하고.
엄마, 나 정말 결혼할 수 있을까?"

차례

03 "결혼 생활에서 제일 중요한 게 있다면 뭐라고 생각하세요?"

"아니, 아녜요. 전 눈 안 높아요.
그냥 '필'이 좀 통했으면 좋겠어요."

01

"필이란 말 속에는 얼굴, 키, 학벌,
능력까지 다 본다는 뜻이란 걸……."

•

,

다시 사랑할 수 있을까

결혼을 한다면 이 사람과 하겠구나 생각했던 남자와 헤어졌어. 결혼이라는 게 사랑만으로도 노력만으로 안 되는 건가 봐. 내 인생의 마지막 남자라고 생각했던 사람과 헤어지고 나니 다른 누군가를 만나기가 무서워. 내 심장이 다시 두근거리게 되는 순간이 또 올까? 다시 사랑할 수 있을까?

"저, 남친이랑 헤어졌어요." 너의 이 말에 난 깜짝 놀랐어. 부모님께 인사도 했고 구체적인 결혼 준비를 하고 있다고 한 게 얼마 전인데. "생각 많이 나요. 그래서 전화도 수신 거부로 해놓았어요."라고 말하는 네 표정이 뭔가 아주 복잡해 보였어. 담담하다고 하기엔 쓸쓸함이 묻어 있는 것 같고, 우울하다고 하기엔 뭔가 홀가분해 하는 느낌이랄까. '마음이 흔들릴까 봐'라는 말을 끝내 입 밖으로 내지 않고 애써 미소 지어 보이는 네가 지금 얼마나 힘든 시기를 지나고 있는지 알 것만 같았어. 내 마음까지 착잡해졌지. 그래, 누군가를 사랑한다는 건 눈물 흘릴 일이 생긴다는 것인지도 몰라.

'아픈 만큼 성숙해진다'는 뻔한 말로 너를 위로하고 싶지는 않아. 지금 아파 죽을 지경인 사람한테 견뎌라, 견뎌라 하는 말도 적절한 말은 아닌 것 같고. 다만 아프면 아픈 대로, 생각나면 생각나는 대로 잊으려고 애쓰지도 말고 그냥 내버려 두라고 말하고 싶어. 바닥까지 내려가야 차고 올라오는 힘도 생길 테니까. 그게 두려워서 자꾸 덮어 두려고 하면 또 다른 사랑을 맞이하기가 어려워져. 이별의 아픔은 덮어 두어야 하는 게 아니라 충분히 아파하면서 바닥까지 가야 치유되는 것 같아. 바닥까지 간 슬픔은 더는 슬픔이 아니지.

이럴 때일수록 네 감정 그대로 인정하고 바라보는 게 좋아. 네 몸과 마음에 지문처럼 남아있는 기억들을 어떻게 금세 지울 수 있겠니? 괜히 아프지 않다고, 난 괜찮다고 되지도 않는 위로를 할 필요 없어. 충분히 아파해도 돼. 우리의 감정이란 인지하는 것만으로도 훨씬 가벼워지잖아. 밤에 잠도 안 오고 뒤척이게 될 때는 일어나 이별하기 전에 다 못했던 말, 지금 하고 싶은 말을 편지 쓰듯 써봐. 글을 쓰는 동안 가슴 속 응어리가 풀리고 조금씩 안정되어가는 너를 만나게 될 거야. 시간도 네 상처 난 마음을 호 불어 주면서 낫게 해 주겠지.

사랑하다 헤어져 본 게 어디 이번뿐이니? 그렇지만 이번 이별은 네 인생에 그 어떤 이별보다 상처가 깊을 거야. 너뿐만이 아니라 서른 즈음의 여자들에게 이별은 정말 치명적이지. 불안정했던 연애를 끝내고 더욱더 안정적인 결혼의 단꿈을 꾸었을 테니까. 예식장은 어디가 좋을까? 나에게 잘 어울리는 드레스는? 어디서 살까? 집을 어떻게 꾸미지? 아이는 몇 명 낳을까? 나를 닮는 게 좋을까? 아니면 아빠를 닮는 게 좋을까? 얼마나 많은 꿈을 꾸었겠어. 머리가 아닌 가슴으로 사랑했었다면 그 상처는 더 크고 오래갈 거야.

한동안 너는 '수신 거부'해 놓은 것도 까먹고 그의 전화를 기다리고, 마음에 드는 영화가 개봉되면 '같이 봐야지' 하다가 깜짝 놀랄 때도 있을 테고, 카페에서 우연히 듣게 된 이별 노래가 다 네 얘기인 것만 같아 가슴이 저리기도

pause

play

하겠지. 또 가끔은 그가 좋아하는 음식을 혼자 먹을 때 목이 메는 순간도 있을 거야. 그러다 보면 회귀본능의 연어처럼 다시 그에게 돌아가고 싶은 마음이 생겨서 휴대전화를 만지작거릴지도 몰라. '다시 만나서 얘기 좀 해보자고 할까?', '그냥 다 참고 결혼할 걸 그랬나?' 하면서. 그러고 보면 연애라는 게 사람을 참 찌질하게 만들지? 헤어지자니 아쉽고, 계속 만나자니 답답해서 지긋지긋하게 느껴질 때도 있잖아. '사랑이란 게 지겨울 때도 있지 내 맘에 고독이 흘러넘쳐'라는 노랫말처럼.

남친과의 관계를 개선하고자 쏟았던 마음의 얼룩을 이제 속 시원하게 지워 봐. 괜히 헤어진 남친이 잘살고 있나 궁금하다고 SNS를 뒤져 보는 바보는 되지 말고. 지금은 곧 죽을 것만 같아도 먼 훗날 돌아보면 헛웃음이 나올 거야. 그때 내가 왜 그 지옥 같은 구렁텅이에 빠져 허우적댔나 싶어서. '내가 그땐 정말 미쳤었나 봐. 정상이 아니었어.' 하는 생각이 들 때쯤 훌쩍 커버린 너를 발견하게 되겠지. 겨울을 견디지 못한 꽃나무는 꽃을 피울 수 없듯이 이별 없이 성숙한 사랑을 하는 사람은 없어. 사람은 상처 뒤에 가장 많이 성장하는 법이거든. 훌륭한 문학 작품도 그가 나를 떠나고, 나는 남겨진 이별 시점에서 쓰여지잖아.

지금은 너에게로 돌아가는 시간이야. 남자 친구 신경 쓰느라 놓치고 살았던 것, 하고 싶었는데 못했던 것, 언젠가는 해봐야지 하면서 미뤄 뒀던 걸 용기 내서 해봐. 외로움이라는 친구 하나 생겼다고 생각하고 오롯이 혼자 있는 시간을 즐기다 보면 남친 만나기 전의 상태로 리셋하게 될지도 몰라. 피부 관리도 하고, 귀찮아서 하기 싫었던 운동도 다시 하고, 틈틈이 여행도 가면서 어딘가에서 너를 기다리고 있는 멋진 남자에게 기회를 줘봐. 더는 두근거리지 않던 심장에도 새로운 만남으로 쫄깃거릴 수 있게 만들어 주고. 사람에게 받은 상처는 사람에게서 치유 받는 법이지.

이별 얘기를 하다 보니 만화 한 컷이 생각나. 유럽에서 가장 주목받는 만화가 바스티앙 비베스의 《사랑은 혈투》라는 책인데 이별을 묘사한 장면이야. 대부분의 연애가 먹는 것으로 시작하는 걸 작가가 간파했는지 연애의 끝도 음식 메뉴를 결정하는 것으로 표현해.

(웨이터가 여자에게)

"주문하시겠습니까?"

"네. 저 이별 하나 주세요."

"소스는 어떤 거로 하시겠습니까?"

"소스 필요 없어요."

"그러면 조금 뻑뻑하실 텐데요."

"상관없어요."

(웨이터가 남자에게)

"주문하시겠습니까?"

"저는 동정심으로 할게요."

"그건 다 떨어졌습니다."

이제 곧 너도 맛있는 음식을 앞에 놓고 달콤한 연애를 시작할 날이 올 거야. 겨울 가면 봄이 오듯 사람도 계절처럼 한 사람이 가면 또 다른 한 사람이 오는 게 인생이더라. 이별은 더 좋은 사람을 만날 '기회'의 또 다른 말. 괜찮아 곧 사랑이 올 거야. 기운 내!

stop

감정 그대로 인정하고 바라보는 게 좋아. 네 몸과 마음에 지문처럼 남아있는 기억들을 어떻게 금세 지울 수 있겠니? 괜히 아프지 않다고, 난 괜찮다고 되지도 않는 위로를 할 필요 없어. 충분히 아파해도 돼. 우리의 감정이란 인지하는 것만으로도 훨씬 가벼워지잖아.

나만 참는 것 같아서 자존심 상해

도대체 사랑이라는 게 뭐지?

사랑하면 행복할 줄 알았는데 왜 이렇게 외롭지?

나만 바라봤으면 좋겠는데 그 사람은 다른 것에

관심이 너무 많아. 나만 기다리는 것 같고,

나만 참는 것 같아서 자존심 상해.

아, 왜 나만 이래야 하지? 우울해.

이 죽일 놈의 사랑! 한두 번 해본 것도 아닌데 참 어렵지? 사랑하면서도 좋기만한 게 아니라 외롭기도 하고, 피곤하기도 하고 감정 소모가 너무 심하잖아. 즐거웠다 짜증났다, 만났다 헤어졌다, 싸웠다 화해했다 아주 포물선을 그리지. 사랑은 마치 조울증 환자 같기도 해. 사랑하는 순간에는 구름 위에라도 있는 듯 붕 떠 있다가도 어느 순간에 급 우울 모드로 침잠할 때도 많으니까. 그럼에도 불구하고 우리를 구원해주는 건 역시 사랑이지. 성시경의 '연연'이라는 노래처럼 '사랑은 내 가슴을 닳게도 하지만 또 사랑만이 내 가슴을 낫게 하는 것'이니까.

사랑은 너 같은 서른 전후의 여자들을 더 애달프게 만드는 것 같아. 나이가 주는 중압감에 눌려 어디선가 홀연히 마음에 드는 남자가 나타나면 금사빠가 되니까. '내가 원래 남자한테 이렇게 빠지는 사람이 아닌데 왜 이렇지?', 싶으면서도 그에게 향하는 마음은 멈출 수가 없어. 왜? 지금 이 남자 놓치면 안 된다, 이 남자 아니면 더는 남자 못 만난다는 생각에 조급해지니까 말이야. 이때부터가 문제야. 여자는 사랑에 빠지면 남자에게 모든 것을 바치려 들기 때문에 남자에게 무조건 맞추기 시작해. 계속되는 삽질에 상처 입고 '에이, 남자 필요 없어. 자기계발이나 열심히 하자'라며 등록해 놓은 영어 학원도 언제 그런 마음이었느냐며 헌 신발처럼 던져 버려. 비싼 수강료 아까운 줄도 모르고. 그뿐 아니지. 그동안 자주 만나며 싱글녀의 애환을 끝도 없이 풀어내곤 하던 친구와의 약속도 다 취소하고 남자 만나러 가. 모든 주파수를 그 남자에게 맞추면서 카톡으로 "지금 어디야?", "뭐 하고 있어?" 수시로 확인해. 남자가 '이 여자가 내 생각은 안 하나? 하며 궁금할 여지를 줘야 하는데 그렇지 않으니 매력 꽝이지! 사랑에 약자, 을이 되는 거야.

모든 인간관계가 다 권력의 문제이듯 연애도 마찬가지인 것 같아. 연애를 시작한 순간부터 사랑의 주도권을 내가 쥐느냐 아니면 넘겨주느냐 절체절명의 순간이 오지. 기준은? 누가 마음의 여유를 갖고 있느냐? 그렇지 않으냐? 당연히 마음의 여유가 있는 쪽이 강자가 되는 거겠지. 사랑의 주도권을 쥔 강자 쪽은 한껏 승자의 여유를 깃발처럼 휘날리고, 약자는 뺏기는 순간부터 천국 같았던 일상이 지옥으로 변하지. 사랑의 달콤함은 순식간에 사라지고 사랑받지 못할까 봐 쩔쩔매며 전전긍긍해. 혹시 이 관계가 깨지면 어떻게 하나 불안해지기 시작하는 거야. 나만 기다리는 것 같고, 나만 참는 거 같고, 나만 속 끓이는 것 같

내가 준 만큼 받지 않아도 좋다,
그냥 사랑하는 것만으로도 행복하다, 라고 생각한다면
마음의 여유가 저절로 생기지. 어떤 경우가 되더라도
나는 사랑했으므로 더 이상 손해 볼 것 없다는 배짱을
두둑하게 갖고 여유를 부려 봐.

아서 자존심도 상하고 외로워. 이때 필수적으로 따라오는 건 집착. 집착하다 보면 남자들은 슬금슬금 뒷걸음질 치게 되는 거야.

사랑할 때 주도권을 갖고 외롭지 않으려면 방법은 딱 하나. '사랑받지 않을 용기'가 필요해. 내가 준 만큼 받지 않아도 좋다, 그냥 사랑하는 것만으로도 행복하다, 라고 생각한다면 마음의 여유가 저절로 생기지. 어떤 경우가 되더라도 나는 사랑했으므로 더 이상 손해 볼 것 없다는 배짱을 두둑하게 갖고 여유를 부려 봐. 밀당의 정석도 바로 이런 거지. 가진 자의 여유. 곳간에서 인심 난다는 말이 있듯이 마음의 여유가 있어야 상대방을 느긋하게 바라볼 수 있어. 내 꺼 아닌 게 내게 올 리 없다, 내 꺼면 늘 내 곁에 있어 줄 거다, 라는 용기가 있어야 외로움이 조금 줄어들 거야.

따지고 보면 사랑의 약자라는 게 내가 사랑하는 만큼, 내가 준 것만큼 받지 못하는 조바심 때문에 생기는 거잖아. 마음을 다잡아도 불쑥불쑥 불안이라는 불청객이 찾아올 때도 있을 거야. 상대방에게 기대하는 게 많으니까 혹시 실망하게 될까봐, 사랑이 그냥 끝나버리면 어쩌나 싶어서. 사랑의 습성은 참 요상해서 사랑하면서도 외로움과 불안, 충만함이 동시에 드니까. 외로움과 불안이 엄습할 때마다 기대치를 조금 낮추고 친구처럼 그냥 편안하게 만나면서 그 마음을 영화 보듯 그렇게 바라보는 거야. 사람의 감정이란 관심 받기를 좋아해서 반응하면 할수록 더 커지고 반응을 보이지 않으면 제풀에 지쳐서 나가떨어진대. 가끔 마음속으로 시 한 구절도 낭송해 보는 것도 좋겠지? 백 마디의 말보다 영화 속 대사 한 마디나 시 한 구절이 더 큰 힘이 될 때두 있잖아.

울지 마라
살아간다는 것은 외로움을 견디는 일이다.
공연히 오지 않는 전화를 기다리지 마라
눈이 오면 눈길을 걷고
비가 오면 빗길을 걸어가라
-정호승, '수선화에게'-

연애 초기에는 서로 얼마나 사랑하느냐의 문제지만 나중에는 이 사랑을 어떻게 지키느냐의 문제가 되는 것 같아. 특히 30대 남자들은 20대 남자들과 달라서 연애에 조급하게 구는 여자를 아주 피곤해해. 게다가 깔때기 이론처럼 매사에 결혼과 연결해서 말하는 여자를 질려 하지. 그런 것조차도 사랑스럽게 봐주는 남자라면 몰라도. 남자도 이제는 급하게 불타올라 무조건 앞으로 돌진하던 20대가 지나서 이제는 좀 여유가 생긴 거야. 좋게 말해서 여유지만 좀 더 정확하게 말하면 힘이 너무 빠져서 귀차니스트가 된 거지. 이런 30대 남자들의 심리를 모르면 좋아하는 것 같긴 한데 왜 남자가 적극적으로 들이대지 않는지 궁금해 죽는 거야. 바쁘다고 하면 그냥 바쁜가 보다 하고 그냥 내버려 두니까 튕길 기회조차도 안 주고. 혹시 튕길 기회가 있더라도 잘 튕겨야 돼. 30대 남자들은 잘못 튕겼다가는 아, 이 여자가 나한테 관심 없나 보다 하면서 그냥 튕겨 나가버리거든. 이런 30대 남자들을 잘 이해해야 해.

마이클 매서는 "자신을 사랑하는 법을 아는 것이 가장 위대한 사랑이다."라고 했어. 너 자신을 사랑하고 네 꼬라지 다 보여주면서 '나 이런 여잔데도 좋아할 수 있어?' 하는 여유를 갖고 당당하게 사랑해. 여유가 없으면 조급해지고 이 사랑을 유지하지 못할까 봐 애만 닳아 하다가 즐겁게 보내지도 못하고 애틋한 시간을 허비하게 돼. 그냥 네 것이면 늘 네 곁에 있게 될 거야. 연애의 고수는 연애 자체를 즐기는 사람이고 하수는 늘 외롭다고 징징거리는 사람이란 걸 기억해. 사랑을 구걸하지 않는 당당함이 자연스럽게 배어 나와야 진짜 매력 있는 여자가 되는 거야. 요즘에는 이런 여자가 진정한 신데렐라가 되는 거라고. 이런 여자, 나도 진짜 맘에 든다!

이 죽일 놈의 사랑! 한두 번 해본 것도 아닌데 참 어렵지?
사랑하면서도 좋기만 한 게 아니라 외롭기도 하고,
피곤하기도 하고 감정 소모가 너무 심하잖아.
즐거웠다 짜증났다, 만났다 헤어졌다, 싸웠다 화해했다
아주 포물선을 그리지.

연애하는데 왜 더 외롭지

그 사람이 변한 것 같아. 매일 만나고 싶어

안달하던 사람이 어느 날부턴가 시큰둥해졌어.

만나면 오로지 내게만 눈을 맞추던 사람이

이제는 휴대전화를 손에서 놓지 않고 카톡만 하고.

같이 있으면서도 가끔 하품을 해. 나랑 있는 게

그렇게 심심한가? 재미없나?

손을 잡아도 영혼은 없고 손만 잡은 것 같고.

아, 연애가 뭐 이렇게 힘들어.

연애하면 안 외로울 줄 알았는데

이건 뭐 더 외로워.

"야? 너 정말 나를 사랑하긴 하긴 하는 거니?
나 혼자만 너 기다리고, 나 혼자만 속 끓이고.
왜 이렇게 자존심 상하게 만들어? 이게 무슨 연애야?"

너는 참다 참다 결국 폭발했다고 했어. 웬만하면 쿨하게 넘어가던 네가 말이지. 애인이 약속 시각에 늦는 건 기본. 약속해 놓고도 야근이다 가족 행사가 있다 취소하기 일쑤였으니 그럴 만도 해. 그나마 끝내자는 말은 하지 않았다니 참 다행이야. '참 잘했어요!' 도장을 열 개쯤 찍어 주고 싶어. 커플끼리 사귀다 헤어지자는 말을 한 번 하기 시작하면 싸울 때마다 자기도 모르게 나오거든. 말이란 게 한 번 입 밖으로 나오고 나면 주워담기 어렵고, 어려운 말도 한 번 하기 시작하면 쉽게 나오는 게 사람의 습관이니까. 헤어질 마음이 없다면 절대로 이런 말은 하지 않아야 해. 결혼해서도 마찬가지야. 부부 싸움할 때마다 이혼하자는 말을 하는 사람은 결국 이혼하게 되더라고. 어쨌거나 그동안 참고 참았던 걸 한바탕 쏟아 붓고 났으니까 속은 후련하겠다. 연애라는 게 원래 감정의 롤러코스터를 타는 거잖아. 그 사람의 말 한마디에 세상에서 가장 사랑받는 여자처럼 굴다가도 어느 순간에는 세상에서 가장 불행한 여자가 된 듯 외로움 속으로 툭 떨어지기도 하는 게. 하루라는 시간이 밤이 되었다가 낮이 되었다 하는 것처럼 좋았다 나빴다를 반복하지.

요즘 연애에 푹 빠져 지내고 있는 우리 딸을 봐도 그래. 딸이 알랭드 보통의 《왜 나는 너를 사랑하는가?》를 읽고 있어서 사랑에 빠졌구나, 짐작했었지. 그런데 오늘 아침 출근한 딸의 방에 들어갔더니 침대 위에 같은 작가의《불안》이라는 책이 펼쳐져 있는 거야. 어? 연애 전선에 이상이 생겼나? 가슴이 쿵, 내려앉더라. 왜 그런 거 있잖아. 그 사람이 무슨 책을 읽고 있는지를 보면 현재 마음 상태를 알 수 있는 거. 잘 되는듯하던 연애가 삐끗 한 건 아닐까 은근 불안했어. 결혼을 못할까 봐서가 아니라 모처럼 맘에 쏙 드는 사람을 만났는데 잘 안되면 마음의 상처가 그 어느 때보다 클 것 같아서. 나중에야 원래 연애의 본질이 그런 거라는 걸 깜빡하고 괜한 걱정을 했구나 싶었어. 딸은 여전히 데이트하고 들어 올 때마다 '아!, 우리 오빠 멋있어 죽겠어'를 연발해.

"이 바보야, 밀당 좀 해봐라! 여자가 좀 내숭도 있어야 매력 있지!"

"아유, 난 그런 거 못해. 좋으면 좋은 거고 싫으면 싫은 거지, 뭐!"

그래도 그렇지! 연애의 맛이란 게 밀고 당기는 맛도 좀 있어야 하는 거 아닌가? 싶다가도 픽 웃음이 나. 나를 닮아서 좋은 건 숨기길 못하는데 누굴 탓해! 하하.

연애하다 보면 누구나 너처럼 비슷한 경험을 하게 되는 거 같아. 누구건, 무슨 일이건 네가 1순위였는데 어느 순간부터 회사 일이나 친구들에게 밀리기 시작해. 자주 하던 전화나 카톡이 뜸해지고. 그러면 마음이 변해서 그런가? 결론도 안 나는 걸 붙들고 자꾸 분석하게 되기도 하고. 당연히 일도 손에 안 잡히고 점점 자신감도 없어지는 것 같지. 너는 뭐든지 같이 하는 게 좋은 데 그는 너 외에 다른 것에 관심을 두기 시작하면서부터 짜증 게이지가 올라가기 시작해. 모든 게 네 마음대로 되지는 않고 신경 써야 할 것도 많아지니까 이게 정말 사랑인가? 아닌가? 자꾸 의심하게 될 거야. 이미 올라가 있는 짜증 게이지는 내려올 줄 모르고 자꾸 쌓이다 보면 별거 아닌 일에 급상승해 분노로 바뀌면서 터지고 마는 거야. 이게 바로 네가 사랑이 아니라고 의심한 연애의 피로감이지.

네 마음대로 안 되는 연애 때문에 너무 애태우지 마. 연애 감정은 다 허구야. 어쩌다 만나게 된 상대에게 나도 모르게 내 안에 있던 아니무스가 투사되면서 눈이 머는 거니까. 그러니까 보이는 것마다 다 좋아 보이고, 세상에 모든 것은 그와 나만을 위해 존재하는 듯 과도한 애착과 집착이 생기면서 지치게 돼. 일련의 이런 감정 소모 과정을 거치면서 연애 감정은 점점 소멸하게 되는 거야. 눈을 멀게 했던 콩깍지가 벗겨지면서 원래의 정상적인 상태로 돌아오는 거지.

달콤하고 애틋하던 연애 감정들이 소멸되었다고 우울해 하지 마. 연애가 어떻게 햇빛에 바삭하게 마른 이불처럼 뽀송뽀송하기만 하겠니? 가끔은 눅진한 빨래처럼 젖어 있을 때도 있지. 소멸한 연애는 사라지는 게 아니라 우정이나 의리라는 이름으로 나무의 나이테처럼 무늬로 네 가슴에 새겨지는 거야. 무늬로 남은 추억은 네 삶이 힘들어질 때마다 '연애할 때, 그때가 참 좋았지!' 하며, 위로가 되어 줄 거고. 시간이 흐르면 달라지는 게 어디 연애뿐이니? 모든 사물이나 관념들. 변하지 않는 건 아무것도 없어. 어제 까지만 해도 옳다고 믿었던 생각들도 어느 순간 달라질 수 있고, 벼르고 별러서 산 가방도 처음에는 애지중지 하다가 몇 번 들고 나갔다 오면 익숙해져서 그만 시들해지잖아. 연애 감정도 마찬가지야.

연애하는 게 너무 힘들고 지친다고 느낄 때, 애인이 없었을 때로 돌아가 봐. 그때를 생각하면 막막해지잖아. 어디서 괜찮은 남자를 또 만나지 하고. 그런데 남자가 생기니까 이제는 내 마음대로 안 된다고 불안해하고 마음 아파하는 게 얼마나 어리석니? 상대방과 상관없이 너 스스로 만들어 낸 이기심으로 좋은 시간을 흘려보내지는 마. 다시 예전으로 돌아가 봐. 그러면 아마 지금이 그때보단 더 행복하다고 느낄걸! 그러고 보면 연애만큼 나 자신을 잘 알게 해주고 성장시키는 것도 없는 것 같아. 그렇지 않니?

달콤하고 애틋하던 연애 감정들이
소멸되었다고 우울해 하지 마.
연애가 어떻게 햇빛에 바삭하게 마른
이불처럼 뽀송뽀송하기만 하겠니?
가끔은 눅진한 빨래처럼 젖어 있을 때도 있지.

소개팅도 이제 슬슬 지겨워져

매번 말아 먹는 소개팅. 이제는 소개팅하기도 겁나.

좀 괜찮다 싶었는데 에프터가 안 오면 기분이 바닥을 쳐.

오늘의 소개팅도 불발로 끝내고 집으로 돌아와

맥주 한 잔 앞에 두니 그제야 피식 웃음이 나오네.

'지금 내가 뭐 하고 있는 거지?' 싶어서.

차라리 집에서 편하게 쉬기나 할걸.

소개팅으로 좋은 인연을 만날 수 있기는 한 걸까?

맘에 안 드는 그녀에겐 계속 전화가 오고
내가 전화하는 그녀는 나를 피하려 하고
거리엔 괜찮은 사람 많은데 소개를 받으러 나간 자리엔
어디서 이런 여자들만 나오는 거야?

20여 년 전에 유행했던 015B의 〈신인류의 사랑〉이라는 노랫말이야. 소개팅이라는 게 어떤 식으로 엇갈리는지를 잘 보여 주지. 어쩌면 늘 엇갈리는 게 소개팅의 운명이라는 건지도 모르겠어.

요즘 정말 괜찮은 남자 만나기란 하늘의 별 따기라지? 시대가 달라져서 이제는 괜찮은 여자는 많은데 괜찮은 남자가 귀한 시대가 되었어. 오죽하면 괜찮은 사람은 유부남이거나 바람둥이, 진짜 괜찮은 남자는 게이라는 말이 나왔을까. 그런데 사람들은 너를 만날 때마다 눈치도 없이 "왜 결혼 안 하냐?", "남자친구는 있냐?" 물을 거야. 이럴 때는 '나도 결혼하고 싶다고요. 괜찮은 남자 있으면 소개 좀 해 주세요!'라는 말이 목구멍까지 치고 올라오지만, 그냥 꾹 참겠지? 그냥 배시시 웃기만 하면서. 그러면 꼭 한마디가 따라오지.

"눈이 높아서 그래!"

그렇게들 관심이 있으면 소개나 시켜 주면서 그런 말 하던가. 그렇지도 않으면서 아무렇지도 않게 그런 말을 하는 게 참 성가실 거야. 그래서 소개팅이 들어 올 때마다 이번에는 기필코 좋은 사람 만나리라는 기대를 걸고 나가지만 결과는? 매번 허탕이야. 그럴 때마다 이런 영양가 없는 소개팅, 확 끊어 버릴까? 싶지.

그런데 소개팅 아니면 그냥 남자 만나기는 어디 쉽니? 어떻게 해서든 내 힘으로 찾아보자 싶어서 럭셔리한 동호회에 열심히 나가. 그런데 동호회엔 좀 변변해 보이는 남자는 안 나오고 여자 친구가 있거나 '어디서 여자를 만나지? 동호회에 가면 있을까?' 하는 남자들만 오지. '아이고, 여기가 아닌가벼' 하며 어떤 날은 솔로들끼리 의기투합해서 이태원 바도 가보지만 거기라고 다를까? 주말에 가면 솜털이 보송보송한 애송이들만 바글거리고 평일 저녁에는 직장인들이 떼거리로 와. 그나마 괜찮아 보이는 남자는 어떤 남자인지, 사는 곳이 어딘지, 여자 친구가 있는지 정확한 정보가 없으니까 불안해서 못 만나. 결국 여자들끼리 서로 하소연하다 허한 마음을 단것만 먹으며 달래다 돌아오지. 그래도 소개팅이 안전하고 좋구나! 결론을 내게 되잖아.

네가 매번 소개팅이 불발로 끝나는 건 혹시 사소한 것에 연연하는 건 아닌지 생각 해 봐.

얼마 전 모임이 있어서 카페에 갔는데 여자 몇 명이 소개팅에 대한 깨알 수다를 떨고 있더라. 토끼 귀를 하고 듣고 있었지.

"손에 털이 수북하게 나 있더라, 어우, 징그러워."

"같이 밥을 먹는데 글쎄, 코털이 삐죽 나와 있는 거야. 우웩! 숟가락 놨잖아."

"1차는 자기가 내고 2차 갔는데 계산할 때 살짝 뒤로 물러서 있더라. 남자 새끼가 쪼잔 하기는!"

"어찌나 재미없는 농담만 던지던지 지루해서 죽는 줄 알았어."

"무슨 남자가 티 쪼가리 입고 나왔더라. 난 미용실도 가고 한껏 멋 냈는데. 기본 매너는 지켜야 하는 거 아니냐? 아, 쪽팔려 정말!"

너도 혹시 그런 여자 중의 한 사람 아니니? 서른이 넘었으면 20대 철 모르는 꼬꼬마 때와는 다른 시각으로 남자를 봐야 해. 왜? 사소한 걸 신경 쓰다가 큰 걸 놓칠 수도 있기 때문이지. 세상에는 완벽한 신랑감이란 존재하지 않아. 남자의 사소한 실수나 태도, 차림새를 현미경으로 스캔하듯 하다 보면 절대로 좋은 남자 만날 수 없어. 현미경으로 보지 말고 망원경 보듯 전체적인 분위기와 그 사람 됨됨이를 봐. 너는 모든 게 완벽하다고 생각해? 아니잖아.

소개팅 선배들은 말하지. 남자에게 잘 보이려면 리액션이 생명이라고. 그것도 중요하지만, 더 중요한 건 상대방에 대한 배려라고 생각해. 다소 썰렁한 개그를 해도 '얘, 뭐지?' 하는 표정 짓지 말고 활짝 웃어주는 센스를 발휘하고 자기만의 애교도 살짝 보여주면서 남자의 사소한 장점도 은근슬쩍 칭찬해주면 아주 좋아할 거야. 또 대부분의 소개팅에서 남자가 약속 시각과 장소, 식당을 예약하게 되니까 감사하는 마음도 표현해 주는 거지. 사실 소개팅을 하는 게 여자만 피곤한 게 아니라 남자도 피곤하거든. 없는 시간도 쪼개서 만들어야지 돈도 많이 들지. 그나마 마음에 드는 여자가 나오면 다행인데 그것도 아니면 '아이고, 내 아까운 커피값! 밥값!' 하며 짜증이 날 거야. 어디선가 들었는데 남자가 소개팅 나갔대. 그런데 여자가 마음에 안 들었는지 카드 사인에 '아,

사주기 싫다!'라고 썼다지? 하하. 얼마나 짜증이 났으면. 그러니까 얘기 나누다가 적당한 선에서 계산서를 슬쩍 챙겨 계산하는 여유도 보여주면 남자는 '어, 이 여자는 좀 다른데!' 생각하며 동반자로 바라볼 가능성이 크지. 이게 바로 서른이 되는 동안 눈물 콧물 짜내며 몸에 익힌, 나이 어린 것들은 절대 따라 올 수 없는 성숙여자의 지혜야.

유혹의 기술도 익혀봐. '유혹'이라고 하면 부정적인 의미로 들릴지 모르겠지만 나를 표현하는 가장 적극적인 방법이지. 세 살배기 아기도 웃고, 예쁜 짓하면서 어른들을 유혹하고 강아지도 주인이 외출했다 돌아오면 꼬리를 흔들고 몸을 비비면서 주인을 유혹하잖아. 그런 것처럼 소위 말하는 '여시 짓'도 좀 하면서 여성스러운 걸 보여준다면 좋은 결과가 있을 거야. 남자는 '여성스럽고 애교 많은 여자'를 누구나 좋아하니까. 또 남자는 뭔가 사려 깊고 성숙해 보이는 여자의 모습에서 저 여자랑 결혼해도 되겠구나 하는 생각을 하게 된대.

÷

첫인상이 마음에 안 든다고 서둘러 철벽 치지 말고 되도록 많은 남자 만나봐. 많이 만나봐야 너를 어필하는 방법도 생기고 남자의 심리도 알 거 아냐. 매번 옷 신경 쓰고 머리 신경 쓰면서 차려입고 나가는데 남자 안 생긴다고 귀찮다고만 생각하지 마. 싱글로 사는 건 백수나 마찬가지야. 백수가 직장 구할 때까지 노력하듯이 너도 너에게 맞는 사람을 찾을 때까지 노력해야 한다고. 이것도 다 사람 공부, 세상 공부야. 세상에 얼마나 다양한 남자들이, 얼마나 다양한 취향과 가치관을 갖고 살고 있는지 알게 될 테니까. 결혼하고 나면 어디서 이런 다양한 남자들을 만나보겠니? 결혼하고 나면 이 짓도 다 땡! 밑져야 본전이지.

봄은 왔는데, 내 님은 언제나 오려나

'봄이 왔다. 너도 왔으면 좋겠다.'

메모지에 이렇게 써놓고 나니 픽 웃음이 나와.

죽은 연애 세포를 되살려줄 남자는

도무지 나타나지를 않고, 만나는 사람 있냐고 없으면

소개해 주겠다고 하는 사람도 이젠 별로 없어.

이젠 진짜 연애하고 싶은데

어떻게 해야 만날 수 있는 거지?

봄처럼 내게 와줬으면.

《노처녀에게 건네는 농》이라는 노처녀 잡지를 보고 있어. '혼수로 농을 해 가도 시원찮을 나이, 집에선 짜내야 할 농이 된 지 오래, 농익은 노처녀들에게 건네는 농담.' 이라는 부제도 마음에 들지만, 톡톡 튀는 글도 재미있어서 픽픽 웃음이 나. 요즘 노처녀들이 어느 놀이터에서 어떤 놀이를 하며 노는지, 어떤 고민을 하는지 노처녀들의 실상이 적나라하게 드러나서 아주 재밌어. 그 중에서도 김대연이라는 캘리그라퍼가 멋지게 쓴 '노처녀 생활 용어 사전'이라는 코너는 참 기발하다 싶어. 연애에 대해 얼마나 연구를 많이 했으면…….

못해솔로 – 안 해본 사람인가 안 끊긴 사람인가

없데이트 – 데이트할 사람이 없는 사람, 너무 잘났거나 너무 잘났다고 착각하고 있거나

진상규명 – 누가 더 진상인가

호구조사 – 이 사람 호구인가 아닌가

기피깊이 – 뭔가 잘되지 않을 때 할 수 있는 선택, 기피할 것인가 깊이 할 것인가

회피엔딩 – 결국 꼭 그래야 했나

모임에서 가끔 만나는 처자 중 남친 없는 사람이 뜻밖에 많아. 얼굴로 보나 몸매나 성격으로 보나 어디 하나 흠 잡을 데 없는데 의아할 정도지. 눈이 너무 높아서 그런 거 아니냐고 물으면 손사래를 막 치며 이렇게 말해.

"아니, 아녜요. 전 눈 안 높아요. 그냥 '필'이 좀 통했으면 좋겠어요."

이 '필'이란 말 속에는 얼굴, 키, 학벌, 능력까지 다 본다는 뜻이란 걸 정작 본인만 모르고 있는 것 같아. 잘 났거나 잘 났다고 생각하는 여자들일수록 '필'을 더 중요하게 생각하지. 학벌이며 경제력이 자기 정도 되거나 자기보다는 높아야 하는데 그렇지 못하면 바로 탈락, 그러니 필이 통하기는 애당초 틀린 거야. 더구나 직장 생활 오래 하고 보니 이제 척 보면 저놈이 어느 정도의 능력이 있는 놈인지 보면 딱 답이 나오니까 남친 사귀기는 점점 더 어려워져.

그런데 여자들이 흔히 착각하는 착각 중에 자기가 스펙이나 커리어가 좋으면 남자들이 다 좋아할 거라고 생각하는 거야. 현실은 오히려 걸림돌이 될 수도 있어. 남자들이 여자를 만나려는 이유가 연애를 하겠다는 것이지 비즈니스 상대를 구하는 건 아니잖아. 남자들은 단세포들이라 자기보다 스펙이나 커리어가 좋은 여자 앞에서는 "와, 대단하시네요!" 하면서도 부담스러우니까 별로 안 좋아해. 대단한 여자로만 보이기는 하지만 자기의 동반자로 보이지 않기 때문이야.

감당하기에는 좀 벅차다 싶으니까. 또 남자들이 성격 좋다고 칭찬해 주면 자기를 좋아하는 거로 알지만, 그것도 착각이지. 그냥 성격만 좋다는 거지 여자로서 매력이 있다는 건 아니니까 칭찬하면서도 정작 애인으로 삼고 싶지 않은 거야.

어쨌든 남자들에게 인기 있는 여자는 뭐니 뭐니 해도 여자다운 여자야. 학교 다닐 때를 가만히 생각해 봐. 오빠들에게 인기 독차지하는 친구는 외모가 뛰어난 친구가 아니었잖아. 외모는 별로인데 오빠들의 재미없는 말에도 웃음을 빵빵 터트려주면서 리액션 해주고, 많이 웃어주면서 애교 떠는 애였지. 친구들은 "쟤, 여시 짓 하는 것 좀 봐!" 하며 미워했지만, 오빠들에게는 매력 덩어리였어. 남자들은 적극적으로 여성성을 발휘하는 여자에게 끌리는 법이야. 세상이 아무리 변해도 이 진실은 절대로 안 변해.

변한 게 있다면 요즘 남자들의 태도야. 예전의 남자들은 여자가 마음에 들면 자기에게 관심 없어 하는 여자에게도 주야장천 쫓아다녔는데 지금은 달라졌어. 먹고 살기가 더 팍팍해져서인지 남자가 변종이 됐나 봐. 자신에게 관심 없는 여자는 별로로 생각하거든. 남자도 거절이 두렵기는 마찬가지니까.

'나 이런 여잔데, 자신 있으면 와봐!' 하며 가만있으면 아무도 다가오지 않아. 호감이 가는 남자가 있으면 은근하게 어필해야 해. 뭐로? 여성성으로. 여기서 중요한 건 대놓고 어필하는 게 아니라 '은근하게'라는 거지.

언젠가 홍진경이 TV에 나와서 하는 얘길 들었어. 자신이 좋아하는 남자는 무조건 적극적으로 따라다녔대. 여자가 먼저 적극적으로 따라 다니니까 당연히 남자들은 별 관심을 보이지 않았겠지? 혼자 그러다 지쳐서 '에이, 포기해야지.' 하며 발을 빼면 영락없이 그 남자가 적극적으로 나온다는 거야. 리얼 100%! 여러 번 실패하고 났더니 여자가 어떻게 해야 하는지를 알게 되었고 지금의 남편과 결혼에 성공했다고 해. 관심이 있다는 걸 살짝 표현하지만, 그렇다고 적극적으로 나서지 않는 것. 그게 성공의 열쇠지.

연애도 타이밍. 남친 사귀기 좋은 시기가 있어. 연말연시. 연애감정 자극하기 딱 좋은 때지. 남자도 12월 달력 한 장 달랑 남은 걸 보면 갑자기 옆구리가 시려와. 일 년 동안 난 뭐했지? 뱃살은 점점 더 불룩해지고 머리카락도 시나브로 빠져 가는데 이제 솔로 탈출해볼까? 연말연시를 같이 보낼 여자 어디 없을까? 마음먹게 되지. 그러니까 귀찮아서 안 나가던 소개팅도 나가게 되고 내 스타일이고 뭐고 따지지 않게 돼. 분위기에 휩쓸려서 여자 보는 기준이 조금은 관대해지고 웬만하면 까다롭게 굴지도 않아. 적극적으로 나올 확률이 높아지는 거지.

너 또한 첫 만남에 별로면 칼같이 끊었는데 그래도 그냥 한 번 더 만나 볼까 하는 생각 드는 것도 이때잖아. 이런저런 욕심 다 내려놓고 착하면 되지 하며 착한 사람에 방점을 딱 찍을 때이기도 하고. 남친 없다면 연말연시에 친구나 직장 동료에게 자꾸 부탁해보는 거야. 소개팅 세계에도 '우는 아이 젖 준다'는 속담이 딱! 부지런히 움직여서 올해는 꼭 솔로 탈출에 성공하길 바라. 남자친구는 생기는 게 아니라 만드는 거야. 생기길 기다리지 말고 만들려고 노력해 봐. 오케이?

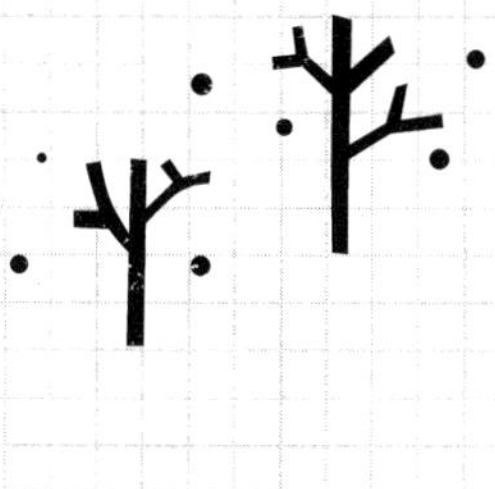

인연은 개뿔, 다 꾸며낸 이야기 아냐

이제 남자 만나는 것도 점점 귀찮고 힘들어.

매번 '혹시나!' 하고 나가지만 번번이 '역시나!'로 끝나는

이런 식의 만남을 언제까지 계속해야 하는 거지?

결혼은 서로 인연이 있어야 할 수 있다고 하는데

도대체 내 인연이 있기는 있는 거야?

어딘가에 있다면 어서 빨리 나타나 줄 것이지.

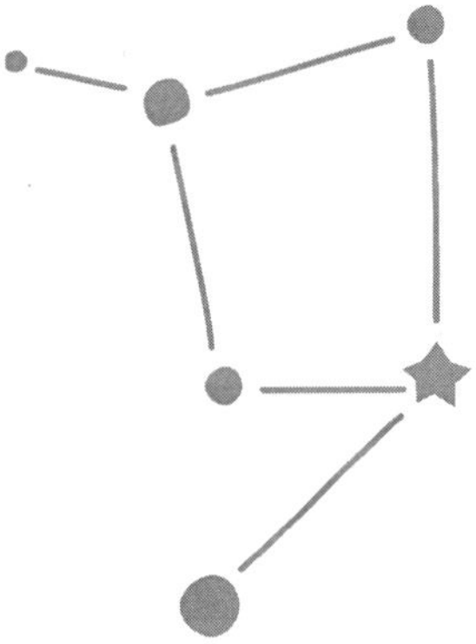

'진짜, 인연이라는 게 있어요?' 미혼들에게서 자주 받는 질문이야. 이런 질문을 받을 때마다 내가 해줄 수 있는 답은 늘 똑같아. '인연은 꼭 있다!' 지인들의 결혼 스토리를 듣다 보면 정말 인연이라는 게 있다는 걸 실감하곤 해. 친구를 대신해 나간 소개팅에서 만난 인연으로, 남자 친구에게 바람맞고 거리를 헤매다 만난 인연과 뉴욕의 어느 카페에서 만난 노인이 소개해 준 남자를 만나 결혼하는 등 참 다양한 인연으로 결혼했더라고. 나만 해도 그래. 친구를 소개해 주겠다고 해서 나간 자리에서 친구는 안 나왔고 주선자였던 지금의 남편과 결혼하게 됐지. 인연이 아니라면 무엇으로 이런 관계를 설명할 수 있을까?

딸은 소개팅 나갔다 올 때마다 볼멘소리를 해댔지.
"아휴, 도대체 내 인연은 언제 만나게 되는 거야?"
"있어, 기다려봐. 조급하게 굴지 말고!"
"난 못 믿겠어. 정말!"
"인연이 없다면 72억 인구 중에서 어떻게 딱 두 사람이 만날 수 있겠니."

그러던 어느 날 딸이 소개팅남의 사진을 내게 보여주며 말했어.
"인상 진짜 좋지, 성격도 좋아 보이고. 근데…."
"근데, 뭐? 뭐가 맘에 안 든다는 거야?"
"아, 아냐…."

'지금 네가 그걸 따질 때야? 빨리 결혼하고 싶다며?'

'욱'하고 올라오는 말을 '꾹' 삼켰어.

"무조건 만나봐. 또 누가 아니 인연일지? 인연이란 벼락처럼 오는 거야."

딸은 고개를 갸우뚱하며 그리 내키지 않아 하더니 며칠 뒤 사진 속의 청년을 만나러 나갔지. '제발 차만 마시고 오지 말고 밥도 먹고 와라', 기도하는 마음이 되었어. 소개팅에서 차만 마시고 헤어지는 커플보다 밥을 먹고 헤어지는 커플이 맺어질 확률이 더 높더라는 실험 결과도 있었잖아. 그런데 어라! 기도발이 먹힌 걸까? 두세 시간이면 집으로 와 자기 방문을 쾅, 닫아 버리던 딸이 네 시간이 지나서야 들어오더니 오자마자 안방으로 왔어. "엄마, 이번엔 정말 좋은 사람 만난 거 같아." 침대에 누워 있던 내 몸이 스프링처럼 튀어 올랐지. "어? 카톡 왔다. 낼 영화 보자네!" 딸은 방금 핀 목련꽃 같은 얼굴이었어. 두 번

째 만나고 온 날, "엄마 그 사람, 완전 산 같아." 그러는데 난 이 말이 어쩌면 그렇게 좋게 들리던지. 산처럼 키도 크고 몸집이 크다는 말이 내게는 꽃, 나무를 한껏 품어 안아주는 산처럼 믿음직한 남자라는 의미로 들렸으니까. "아, 그럼 오늘부터 그 친구의 애칭은 '미스터 산'이다!" 딸의 인연인 '미스터 산'은 그렇게 우리에게 선물처럼 왔어. 파블로 네루다에게 시가 왔듯이.

영화 〈번지 점프를 하다〉에서 이병헌(서인우 역)이 인연에 대해서 말하지. '이 세상 아무 곳에나 작은 바늘 하나를 세우고, 하늘에서 밀 씨 하나를 뿌렸을 때 그게 그 바늘에 꽂일 확률이 인연'이라고. 그래서 운명적 인연을 만나는 순간, 첫눈에 짜르르 신호가 온다는 건 가봐. 물론, 그걸 느끼지 못하고 지나가 버리는 사람도 있지만. 인연이라는 게 없다면 딱 두 사람이 그렇게 기적적으로 만난다는 게 가능한 일일까?

인연이라는 게 도대체 있긴 있는 거냐고 푸념을 늘어놓던 딸이 이젠 정말 인연이라는 게 있나 보다고 해. 결혼은 결심한다고 되는 게 아니라 인연을 만나야 할 수 있어. 아직 좋은 사람 못 만났다면 인연을 만날 때가 아직 안 된 거야. 노심초사하지 마. 여유 있는 마음을 갖고 바늘을 세우든가, 밀 씨를 뿌리든가 어쨌든 뭔가를 해야 꽂힐 확률이 높아지잖아. 인연이라는 게 발이 있어서 네게 걸어오는 게 아니니까 남자 만날 기회도 만들어보고 소개팅 들어오면 무조건 만나 봐.

또 인연을 만났다면 잘 가꾸어가는 것도 중요하겠지. 우리가 흔히 애인과 헤어지게 되면 인연이 아닌가 생각하기 쉽지만, 사실은 잘 가꾸지 않아서인지도 몰라. 인연으로 만났다 해도 부단한 노력이 필요하다는 말이야. 인연이 만남의 행복을 무작정 보장해 주지는 않으니까. '인연(因緣)'이라는 말의 '인(因)'은 결과를 낳기 위한 직접적 원인을 의미하고, '연(緣)'은 이를 돕는 간접적 원인을 의미'하는 거야. 인할 인(因)은 닿는 운명 같은 거고 인연 연(緣)은 가꾸어 가라는 뜻이지. 쉽게 말한다면 인(因)은 꽃씨, 연(緣)은 그 꽃

씨가 싹을 틔울 수 있는 비옥한 토양과 적당한 햇볕이라는 거지. 결론은 만남도 중요하겠지만 그 만남을 어떻게 이끌어 가느냐가 더 중요해. 그래서 이런 말이 있잖아. "만남에 대한 책임은 하늘에 있고 관계에 대한 책임은 사람에게 있다." 눈 크게 뜨고 너의 인연을 찾아봐. 어딘가에서 너를 애타게 기다리고 있는 남자가 꼭 있을 거야. 지금은 9회말 2아웃, 홈런 한 방 날려봐, 시원하게!

'지금 네가 그걸 따질 때야? 빨리 결혼하고 싶다며?'
'욱'하고 올라오는 말을 '꾹' 삼켰어.
"무조건 만나봐. 또 누가 아니 인연일지?
인연이란 벼락처럼 오는 거야."

남자의 마음은 왜 변할까

남자를 잘 모르겠어. 연애 초기에는 문자도 길게 보내더니
시간이 갈수록 점점 짧아져. 내 문자에 대한 답 글도
'아니', '응'으로 끝내고. 또 표정이 안 좋아서
"무슨 일 있어?" 물으면 그냥 "아무 일도 아니야." 라고만 해.
그럴 때 이 남자, 마음이 변했구나 싶어서
마음이 툭 하고 내려앉고 불안해져.
난 연애 초기나 지금이나 변한 게 없는데
남자는 왜 안 그렇지?

목하 열애 중인 딸에게 난 좀 궁금한 게 있었어. 연애 중이면 여기저기 가고 싶은데도 많을 텐데 고작 영화 보고 맛있는 거 먹는 게 다니, 이상하다 싶었지. 어느 날 딸에게 물었어.

"니네는 왜 멀리 나가서 데이트하지 않니? 공기 맑은 곳에 가서 놀다 오지."

"피곤해서. 좀 편하게 데이트하는 게 좋아."

그때야, 아! 30대 커플들은 데이트 방법도 다르겠구나 하는 생각이 들었지.

내가 30대 연인들이 연애 패턴을 몰랐던 것처럼 너도 지금 20대 때의 연애에 머물러 있는 것 같아. 20대 때는 남자가 열정적이고 적극적이어서 매일 만나자 하고, 하루에도 몇 번씩 전화나 문자를 날렸겠지. 또 데이트 코스도 좋은 곳이라면 어디든 데려가고 네가 화가 나 있는 것 같으면 바로 쫓아 와서 풀어주곤 했을 거야. 하지만 20대 남자와 30대 남자는 달라. 30대 남자들은 이미 그 시기를 다 지나서 별로 열정도 없고 다 귀찮으니까 편한 게 좋아진 거야. 그래서 대부분 30대 남자들의 이상형이 '자신을 이해하고 받아주는 여자'라고 하잖아.

이런 남자의 심리를 알고 똑똑한 연애를 해야 해. 문자 바이트가 어느 날부터 짧아졌다고 만나자는 소리를 자주 안 한다고 이유가 뭐지? 이래서 그런가? 저래서 그런가? 분석하는 짓은 하지 마. 분석 하다 하다 문자를 친구에게까지 보여주면서 디테일하게 따져봤자 어차피 명쾌한 답을 얻긴 어려워. 일이 바빠서 일수도 있고 네가 편해졌다는 단순한 이유일 수도 있으니까. 괜히 마음이 변한 게 아닐까 의심하지 말고 마음의 여유를 가져. 그렇지 않으면 즐겁고 설레야 할 연애가 조급하고 고통스러운 연애가 되기 쉬워. 그래서 대부분의 여자들이 싱글로 지낼 때는 애인이 있었으면 싶다가도 연애를 하게 되면 차라리 혼자 있을 때가 편하지 하는 생각을 하게 되는 거야. 좋을 때는 잠깐이고 신경 쓰게 되는 일이 더 많으니까. 진격의 20대 남자 연애는 말끔히 잊어.

무조건 너를 받아 주고, 무조건 이해해주는 남자는 지금 없으니까. 이제는 좀 더 성숙하고 어른스러운 연애를 해야 해. 나이가 들거나 상황이 바뀌면 나이와 상황에 맞게 생각과 행동도 똑같이 바뀌어야 하는 게 인생이야.

결혼해서도 마찬가지야. 흔히 남자들을 '단무지'라고 하지. '단순하고 무식하고 지랄 같다'고. 남자를 이 말보다 더 정확하게 표현한 게 또 있을까 싶어. 남자는 원래 단순해서 감정 표현하는 것도 힘들어하고 서툴러. 또 무식해서 뭔가를 부탁할 때 콕 찍어서 말해줘야 하고 또 끊임없이 가르쳐 줘야 하지. 죽을 것처럼 힘든 일 있어도 여자에게 시시콜콜 말하고 싶어 하지 않아. 그냥 "그럴 일이 좀 있어." 정도로 말할 뿐이지. 그걸 "무슨 일인데, 응?" 하며 꼬치꼬치 캐묻다가 말해주지 않는 게 서운하다고 나를 사랑하지 않네, 마음이 변했네 하는 건 철없는 애들이나 하는 짓이야. "나 왔어! 밥 줘!" 단 두 마디만 해도 원래 남자란 그러려니 이해해. 남자라는 종족은 시시때때로 자신의 동굴 속에 들어갔다 나오기를 반복하거든. 연애 때는 말도 잘 들어주고 맞장구도 쳐주더니 결혼하고 나서 말수가 줄었다고 타박하지도 말고. 연애 때는 인내심을 가지고 들어줬지만 결혼하고 나니까 무장 해제된 거라고 보면 돼.

이런 심리를 모르고 결혼하면 힘든 시간을 보낼 수밖에 없어. 모르니까 아내들이 혼자 소리 안 나는 북 치고 장구치고 온갖 짓을 다 하다 제풀에 넘어가게 되는 거야. 보통 때는 소리 나지 않게 설거지하다가도 화가 나면 쨍그랑, 쨍그랑, 딸까닥 딸까닥 평소보다 훨씬 크게 그릇 부딪치는 소리를 내며 설거지를 하거나 할 때도 안 된 청소를 우당탕탕 하기도 하지. 말하기 싫으니까 그냥 '이 빙신아! 나 지금 화났거든!'이라고 몸으로 표현하는 거야. 그러면 뭐해? 남편들은 아내가 왜 화가 났는지 도통 눈치도 못 채는데. '쇠귀에 경 읽기'가 따로 없지.

나도 다른 집 아내들과 다르지 않았어. 몸으로 아무리 표현해봤자 알아듣지도 못하니 그럼 어떻게 해야 제대로 먹힐까 고민했지. 결혼 초기에는 문갑 위에 부리를 맞대고 있는 목각 원앙의 부리를 반대로 방향으로 돌려놓는 것으로 내가 화가 났다는 걸 표시했었지. 원앙 한 마리가 고개를 외로 꼬고 있는 모습이 누가 봐도 '흥, 이제 얼굴도 보기 싫어!' 하는 모습이었어. 그런데 그것도 자꾸 하다 보니 약효가 떨어지는 거야. 방법을 바꿨어. 내가 왜 화가 났는지 또 어떻게 해줬으면 좋겠는지 깨알 편지를 써서 출근하는 남편의 가방에 슬쩍 넣어주거나 회사로 보냈지. 글이란 게 원래 말보다 백배의 효과가 있잖아. 조금씩, 아주 조금씩 변하는 남편의 모습이 보이기 시작했어. 답장은 딱 한 번 받아 봤지만, 눈치도 없고, 무뚝뚝하고, 게다가 분위기까지 없어서 '탈무드' 씨로 불렸던 남편은 어느새 '무드' 씨가 되어 지금 내 곁에서 살고 있어.

어쩌겠어. 남자와 여자가 함께 살아야 하는 게 인생이라면 여자인 내가 먼저 남자의 심리를 알고 대응하는 수밖에. 여자는 몰라도 될 걸 너무 많이 알고, 남자는 꼭 알아야 할 걸 너무 많이 모른다는 말이 있어. 여자는 너무 많이 알아서 문제지만 그래도 꼭 알아야 할 것도 모르는 '단무지'들 보다야 우리가 좀 낫잖아. 적어도 단순하거나 무식하지 않으니까. 왜 여자만 그래야 되요? 하고 묻고 싶겠지.

누가 먼저 하면 어때, 그게 뭐 그리 중요한가? 원래 연인이나 부부란 존재는 머리는 두 개고 몸통은 하나인 생명체래. 그래서 어느 한쪽이 상대의 입에 꿀을 넣어주면 같이 달콤해지고 독을 넣어주면 두 사람이 같이 아픈 거라니까 그까짓 거, 내가 먼저 꿀을 넣어주면 되지 뭐. 나도 달콤해지니까 얼마나 좋아. 남편 좋고 나 좋고, 누이 좋고 매부 좋고 두루두루 다 좋은 거지. 이 세상에서 여자로 살아가는 일이란 어쩌면 남자의 심리를 하나하나 이해하고 수용해 가는 인고의 과정이 아닐까?

서른, 지금 시작하면 늦지 않았을까

서른, 뭔가를 이루어야 했을 나이.

아직 결혼도 하지 않았고 직장은 다니고 있지만

별로 내 적성에 맞는 것 같지 않아.

이제는 정말, 내가 하고 싶은 일을 하고 싶지만 걱정이 앞서.

내가 원하는 일을 하자니 안정감이 없는 것 같고,

계속 다니자니 이건 아닌 것 같아.

다른 일을 하고 싶은데 자꾸 나이가 걸려.

지금 시작해도 괜찮을까?

"내가 평생 하고 싶은 일은 쥬얼리 디자인인데, 지금해도 늦지 않을까?"

3년 전, 딸이 서른 고개를 넘던 무렵에 한 말이었어. 이 말을 들었을 때 난 좀 답답했지. 나이 서른이라면 무슨 일이든 새로 시작하기에 얼마나 좋은 나이인데 왜 이러나 싶어서. 그러면서 한 가지 의문이 들었어. 우리 딸 뿐만 아니라 왜 많은 사람이 나이와 상관없이 뭔가를 하기에는 늦었다고 생각하는걸까? 그건 아마도 현재나 미래보다 지나온 시간에 미련을 두기 때문이거나 미래에 대한 불안 때문이 아닌가 싶어.

네 나이 이제 고작 서른. 두려운 게 많은 나이기도 하지만 도약의 기회이기도 해. 누구나 뭔가를 새로 시작하려면 두려운 마음이 먼저 들지. 이 일이 정말 내게 어울리는 일인가? 내가 끝까지 잘해낼 수 있을까? 하고 말이야. 이럴 때 꼭 필요한 건 너 자신을 믿는 마음이야. 지금 무엇을 하고 싶은지 너의 내면을 잘 들여다보고 네가 원하는 일을 확실히 정한다면 그 꿈을 이룰 시간은 아직도 넘칠 만큼 충분해. 그 어떤 것을 새로 시작한다고 해도 열 번은 더 새로 시작할 수 있어. 인생 선배의 인생살이에서 교훈을 배울 수도 있고 책을 통해 길을 찾아갈 수도 있겠지. 대단한 일이 아니어도 괜찮아. 판타지 소설《해리 포터》의 작가 조앤 K. 롤링은 아이와 함께 생활보장대상자로 살다가 억만장자가 되었어. 아이가 자는 동안 냅킨에 아이들 이야기를 끼적였던 게 세계적 베스트셀러가 된 거야. 그녀 나이 서른이었지.

나는 쉰 이후에 어릴 적 꿈이었던 작가가 되었어. 너무 늦은 건 아닐까? 내가 과연 해낼 수 있을까? 문득 문득 불안해질 때마다 그 불안을 에너지 삼아 더 절실하게 몰입했지. 매일 하루도 빼놓지 않고 서 너 시간씩 글을 썼어. 처음에는 집중이 잘 안 됐지만 시간이 갈수록 집중력이 생기고, 오직 좋은 글을 쓰고 싶다는 욕심만 생기더라. 마음이 충만해지니까 세상의 모든 욕심이 사라지는 것 같았어. 그 많던, 물건에 대한 욕심도 사라져서 백화점 쇼핑 대신 서점으로 가서 책의 숲을 거닐었지. 내 일에 대한 신념이 생기니까 남의 이목도 별로 중요하지 않더라. 화장을 안 하면 밖을 나가지 않던 내가 민낯으로 광화문까지 나가 영화도 보고 오로지 나 자신에게만 집중하게 된 거야. 자기 확신이 분명한 사람의 자신감이라고나 할까?

늦깎이 작가로 데뷔할 수 있었던 것도 늦었다고 생각하지 않았기 때문이었어. 뭔가를 시작하기에 좋은 나이란 따로 있는 게 아니야. 시작하기 좋을 때란 바로 자신이 마음먹었을 때가 곧 시작할 때란 뜻이지. 늦지 않았다고, 지금 바로 시작하면 할 수 있다는 확신이 드는 그 순간부터 너는 네가 원하는 걸 더 얻게 될 거야. 늦었다고 생각하고 아무것도 시작하지 않으면 정말 늦는 거야. 어느 나이 든 자기 삶의 혁명이란 드라마틱하게 짠, 하고 오는 게 아니라 절실함으로 오는 거더라.

미국의 문화인류학자 마가렛 미드 여사는 말했지. "여성은 30세에 형성되고, 40세에 변화하며, 50세에 완성된다"고. 지금 네가 그 무엇을 하든, 어떤 것을 원하든 새로 시작하기에는 딱 좋은 시기야. 지금 형성되고 있는 너의 삶이 어쩌면 네 평생의 삶이 될지도 몰라. 전공과 다른 분야를 새로 시작한다고 해서 커리어가 사라지는 건 아니지. 전공과는 다른, 네가 하고 싶은 일을 하다 보면 거기서 또 다른 세상이 펼쳐지고 많은 걸 배우면서 성장하게 될 거야.

나는 가끔, 젊어서부터 작가가 되었다면 더 좋지 않았을까? 생각해 볼 때가 있어. 하지만 결론은 '그렇지 않다.'야. 젊어서부터 작가로 살았다면 작가로서의 내공은 깊었을지 몰라도 다양한 삶에 대한 통찰은 미약했을 거란 생각이 들어. 그동안 작가가 아닌 사람으로 산 여러 가지 경험들이 지금 풍부한 글감을 주고 있으니까 말이야. 젊을 때는 젊음의 열정으로 뭐든지 도전해보고, 실컷 아파보기도 하면서 긴 인생을 살아갈 밑거름을 만들어야 해. 두렵다고 주변을 빙빙 돌기만 하면 아무것도 얻을 게 없어. 두려워하지 말고 풍덩 뛰어들어봐. 전공이 아닌 일이어도, 경력이 단절된다고 해도 뭐 어때? 네가 하고 싶은 일을 해봤으니 후회는 없을 테고 혹시라도 좋은 결과를 얻지 못한다 해도 도전했던 경험이 남잖아. 그 경험이 당장은 아니더라도 언젠가는 또 다른 도약의 발판이 되어 줄 거야. 지금까지 살아온 내 경험으로는 나쁜 짓만 빼고 기회가 되면 무엇이든지 다 해보는 게 삶을 더욱 풍성하게 만드는 거라고 확실하게 말할 수 있어.

미국의 문화인류학자 마가렛 미드 여사는 말했지.
"여성은 30세에 형성되고, 40세에 변화하며,
50세에 완성된다"고.
지금 네가 그 무엇을 하든, 어떤 것을 원하든
새로 시작하기에는 딱 좋은 시기야.

꿈을 이루지 못하는 것은 시련이 있어서가 아니라 안전만을 지향하려는 마음 때문이야. 네가 생각하는 대로 살지 않으면 네가 원하는 삶은 영원히 살 수 없어. 그래도 자꾸 불안하다면 서른에 직장을 그만두고 지금 자기 일을 신나게 하고 있는 우리 딸의 얘기를 한 번 들어볼까?

"회사를 그만둘 당시에는 조직에서 떨어져 나간다는 게 정말 불안했어. 무엇보다 경단녀가 되는 게 두려웠지. 또 명함이 없어지니까 사람들에게 내가 뭐 하는 사람인지를 말할 수가 없다는 것도 좀 적응이 안 됐어. 그냥 백수라고 하기도 뭣하고. 그런데 2년여의 세월이 지나고 내가 하고 싶었던 일을 하니까 힘들어도 힘든 줄 모르겠어. 그때 도전하길 정말 잘한 거 같아. 안 그랬으면 매일 불평불만 속에서 살았을걸! 아, 난 지금이 정말 좋아!"

내가 남자들이 안 좋아하는 타입인가

잘 될 것 같아 오랜만에 설렜던 남자도

어느 순간 연락이 딱 끊어져. 그러고 나면

내가 남자들이 안 좋아하는 타입 인가보다고

생각할 때가 많아.

그럴 땐 급 우울해져서 '에이, 됐다, 남자 필요 없어.

그냥 일이나 열심히 하자.' 하게 돼.

남자들은 왜 나를 안 좋아할까?

관리를 좀 받아야 하나?

오늘이 입춘이래. '춘'자만 들어가도 이미 봄이 코앞으로 온 것만 같아. 바람도 한결 부드러워졌고 햇살도 피부로 느낄 만큼 따스해졌어. 창에 붙어 있는 뽁뽁이 너머로 파란 봄이 보이는 것 같아. 어디에선가 하얀 드레스를 입은 신부와 물 찬 제비 같은 연미복을 입은 신랑이 야외결혼 사진을 찍고 있을 것 같은 생각이 들어. 계절은 기다리지 않아도 어김없이 오는 것처럼 이 봄, 솔로로 있는 많은 여자가 인연을 만나 마음껏 데이트를 즐겼으면 하는 마음 간절해.

남자들이 여자를 소개받을 때 제일 먼저 물어보는 말은 바로 "예뻐?, 안 예뻐?"지. 그 여자가 무슨 일을 하는 사람인지, 성격이 어떤지는 다음 문제. 여자는 무조건 예뻐야 한다는 게 남자들의 소개팅 공식이야. 예쁘고 귀여우면서도 날씬하고 애교도 많고 상냥하면 만사 오케이. 이럴 때 여자들은 '으이구, 속물들!'이라고 탓하지만 원래 그렇게 타고난 족속들이 남자야. 그들이 보는 잡지를 보면 알지. 잡지의 대부분이 헐벗은 예쁜 여자 사진으로 가득하잖아.

따지고 보면 여자들도 속물이기는 마찬가지지. 남자를 소개받을 때 "뭐하는 사람이야?" 제일 먼저 묻고 얼굴이 아무리 잘생기고 성격 좋아도 무직이면 땡. 얼굴만 잘생긴 남자보다는 키 큰 남자, 그냥 키 큰 것보다 스타일, 이왕이면 직업이 좋은 남자에게 점수를 많이 주잖아. 피장파장이지. 그러고 보면 남녀의 만남이라는 게 별거 아니야. 속물들끼리 만나서 "걔는 이쁘지도 않은 게 이쁜 척만 해." "얘는 다른 건 괜찮은 데 외모가 별로야.", "얘는 외모는 훈훈한데 능력이 없어." 하면서 지지고 볶으면서 간 보는 거지. 그럼 어떻게 하면 속물인 듯 속물 아닌 멋진 남자를 만나 싱글을 탈출할 수 있을까?

남자가 원하는 게 '예쁜 여자'니까 외모를 먼저 갖추어야겠지. 외모라고 하면 보통 얼굴만 생각하기 쉽지만, 사실은 얼굴뿐 아니라 몸매나 스타일 등 전체적인 분위기를 보는 거야. 그러니까 제일 중요한 게 여자다움과 생기발랄함으로 무장해야 해. 얼굴은 그리 예쁘게 생기지 않았어도 여자다운 구석이 있는 데다 방실방실 잘 웃으면 누가 봐도 예뻐 보이잖아. 거기에다 날씬하고, 스타일 근사하면 금상첨화지. 결국, 여자가 예쁘냐? 안 예쁘냐? 문제는 얼굴의 문제가 아니라 생기의 문제인 것 같아. 뭔가 생기 있어 보이고 밝은 사람의 기는 옆에 있는 사람까지 좋은 에너지를 주니까 기분 좋은 에너지가 더해져 더 매력적이고 예뻐 보이는 거지. 여자가 인형처럼 예뻐야 한다거나 불가리 향수 뿌리고 샤넬 백 드는 게 다가 아니라는 얘기야. 여성적이고 잘 웃는데 안 예쁜 여자가 있을까? 할머니도 수줍은 표정을 지으며 잘 웃으면 절로 예뻐 보이던걸!

자신이 못생기게 태어났다고 절망할 필요는 없어. 신은 예쁘다는 기준을 사람마다 다르게 해놓았으니 얼마나 희망적이야. 그 사람의 눈으로 보는 거니까 어떤 사람은 피부가 까만 여자를 예쁘다고 할 수도 있고, 광대뼈 불뚝 나온 여자를 예쁘다고 할 수도 있어. 난 광대뼈가 툭 튀어나와서 늘 콤플렉스였어. 우리나라에서는 광대뼈 나온 여자는 팔자가 세다는 고정 관념이 있잖아. 그런데 캐나다에서 몇 개월 머문

적 있었는데 캐나다인들은 나를 볼 때마다 "소우 뷰티플!" 하는 거야. 으레 인사로 하는 말인 줄 알았더니 광대뼈가 튀어나온 여자를 미인으로 친다나? 우리나라에서 팔자 센 여자로 사느니 캐나다에서 미인으로 살아 볼까 하는 생각을 잠시 했었지. 하하.

예쁜 여자의 개념도 나이에 따라 달라져. 20대 때는 얼굴 예쁜 여자가 남자들에게 인기 있었을지 몰라도 서른 이후에는 호감 가는 여자가 최고야. 매사에 성실하게 최선을 다하고, 방긋방긋 잘 웃고, 센스와 배려심 있으면 남자들은 다 좋아하지. 이런 여자는 여자가 봐도 좋은데 남자는 오죽하겠어. 이왕이면 다홍치마. 예쁘고 호감 가는 여자로 가꿔 가. 방법은 운동. 운동만이 예뻐지는 길이야. 운동할 시간 있으면 잠이나 더 자고 싶다고? 이해해. 나도 그랬으니까. 얼핏 생각하면 잠을 푹 자야 피로도 금방 풀릴 것 같지만, 사실은 운동해야 말끔히 풀려. 휴일 내내 집에서 쉬어도 피로는 풀리지 않고 몸만 무거워져서 월요병이 생기는 거잖아. 운동을 하고 나면 훨씬 가뿐한 월요일이 된다는 걸 운동하는 사람들은 잘 알지.

남자에게 잘 보이기 위해 외모를 가꿔야 한다는 게 자존심 상한다고? 외모를 가꿔야 한다는 게 꼭 남자에게만 잘 보이기 위한 것만은 아니야. 보는 나도 즐겁기 위해 하는 거지. 운동하지 않으면 군살이 덕지덕지 붙어서 뭘 입어도 안 예쁘니까 짜증이 나고 그러다 보면 사람 만나기도 싫고 표정도 생기를 잃는 거야. 내가 나를 바라보는 시선이 기분 좋아야 남에게도 좋은 인상을 줄 수 있어. 내가 나를 소중하게 가꾸지 않는데 어떤 남자가 나를 사랑해 주겠니? 우리 집 강아지도 데리고 나가면 잘생긴 놈에게만 관심을 보이던데 하물며 사람인데 말하면 뭐해. 외모는 부모나 조상을 탓할 게 아니라 게으르고 나태한 나를 탓해야 하는 거야. 노력하지 않고 가만히 있어도 아름다운 연애가 시작될 거라고 착각하지 마. 안 생겨. 두껍고 어두운색의 겨울 패딩 코트 벗고 얇은 봄옷 입듯, 의기소침해진 마음 확 벗어 버리고 자신감으로 가득 채워봐. 그래도 원판 불변의 법칙 때문에 어쩔 수 없다면? 그럼 선생님의 도움을 받지 뭐! '자연스러움' 좋아하지만, 콤플렉스를 없앨 수만 있다면 성형도 뭐, 오케이!

괜찮은 남자들은 누가 다 훔쳐갔을까

길을 걷다 보면 잘생긴 남자도 많고,

키 크고 귀여운 남자도 많은데

왜 내가 만나는 사람들은 하나같이 별로일까?

내꺼 같은데 내꺼 아니었으면 싶은 남자 말고,

무조건 내꺼 하고 싶은 남자를 만나고 싶다고!

어디 가야 그런 남자를 볼 수 있는 거야?

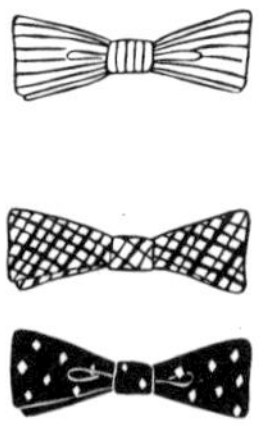

"소개팅에 나오는 남자들은 왜 다 그렇게 별로예요?"

올해에는 꼭 결혼을 해야겠다며 소개팅에 열을 올리고 있는 네가 말했어. 뭐가 그렇게 마음에 안 들더냐고 물었더니 이유도 참 가지각색이더라. 내 딸은 아니지만 등짝을 한 대 때려주고 싶었어. 제 자신이 어떤 사람인지는 생각하지도 않고 눈이 하늘에 가 있으니 마음에 드는 사람이 어디 있어. 네가 한마디 한마디 할 때마다 나도 모르게 속으로 토를 달게 되더라.

"필(feel)이 안 와." - '그놈의 필은 언제, 몇 시에 오는 거야?',

"사진 빨이었어." - '너도 사진 빨, 만만치 않아!',

"삼척동자(잘난 척, 있는 척, 아는 척)라 싫어!" - '너도 왕 삼척동녀거든?',

"남자답지가 않아" - '넌 뭐 여자다운 줄 알아? 기만 쎄가지고!'

사실, 이렇게 토를 달면서도 너의 입장이 되어보면 가슴이 답답해졌어.

열심히 공부해서 좋은 회사 들어가면 좋은 남자 만나 결혼할 수 있을 거라고 믿었는데 웬걸! 괜찮은 남자는 아무리 찾아봐도 없고 약해진 몸과 피폐해진 마음뿐이니 얼마나 막막하니? 열심히 노력하면 훌륭한 사람이 될 수 있다, 하면 된다는 가르침 속에 살아왔으니 뭔가 뒤통수를 한 대 얻어맞은 기분

일 거야. 게다가 결혼 안 한 게 무슨 결격사유라도 되는 양 만나는 사람마다 나이가 많네, 어서 빨리 결혼해야겠네! 한마디씩 하니 얼마나 스트레스야. 괜찮은 남자들은 다 결혼했고, 완벽하다 싶은 남자는 어린 여자만 찾는 현실. 그러니 과연 결혼이나 할 수 있을까? 좋은 사람은 어디 가야 만날 수 있을까? 깜깜할 뿐이라는 거 잘 알아.

그런데 안타까운 건 요즘 30대 남자들의 현실이야. 직장 남성 평균 근로시간이 10시간. 거기다 야근하다 보면 일하느라 몸이 10개라도 부족해. 어쩌다 칼 퇴근하면 지인과 주점이나 삼겹살집에서 술 한잔 하는 게 유일한 즐거움이라면 즐거움이지. 늦은 시간까지 회사에 있거나 호프집, 주점, 삼겹살집에 서식하는 이런 남자들에게 열정을 기대한다거나 로맨스를 꿈꾸는 건 어쩌면 한낮에 꾸는 꿈일지도 몰라. 예전의 남자들은 그래도 남자답거나 로맨틱하기는 했었어. 그때는 마음의 여유도 있었고 낭만도 있었으니까. 아무리 못난 남자라도 자기 여자에게는 "막노동을 해서라도 너 하나 못 먹여 살리겠냐?"고 큰소리쳤지. 그런데 요즘 남자들은 "나 혹시 회사 잘리면 네가 책임져!"

하면서 기대려고 하잖아. 현실감 충만한 얘기지.

소개팅 주선자에게 연락처를 줬는데도 불구하고 연락을 못 받았던 적 있니? 그게 요즘 트랜드래. 그걸 모르고 괜히 내 사진이 마음에 안 들었나 보네, 차였네 하며 의기소침해 하지 마. 어쩌다 소개팅 주선자에게 전화번호를 받았다가도 막상 연락하려고 하면 '에이, 귀찮다!' 싶어서 그만둔다는 거야. 남자가 먼저 연락해야 하는 것도 부담스러운 데다 회사 일도 신경 쓰기 바쁜데 누군지 모르는 여자한테 할애할 여유가 없는 거지. 그러니까 초식남, 절식남들이 넘칠 수밖에 없어.

"필(feel)이 안 와." - '그 놈의 필은 언제, 몇 시에 오는 거야?',
"사진 빨이었어." - '너도 사진 빨, 만만치 않아!',
"삼척동자(잘난 척, 있는 척, 아는 척)라 싫어!" - '너도 왕 삼척동녀거든?',
"남자답지가 않아" - '넌 뭐 여자다운 줄 알아? 기만 쎄가지고!'

가수 이적의 엄마이자 여성학자인 박혜란 씨의 《결혼해도 괜찮아》라는 책의 서문을 보다가 풋, 웃음이 났어. 박혜란 씨가 결혼에 대한 책을 쓰려는데 방향이 잡히지 않아 힘들다고 푸념하자 큰아들이 대뜸 "요새 누가 결혼을 하고 싶어 한다고 그러세요?" 하더라는 거야. 이게 웬 부조화야! 결혼하고 싶어 안달하는 여자는 많은데 결혼하고 싶어 하는 남자는 별로 없다는 거잖아. 책임져야 할 건 많고 현실은 힘든 일뿐이니 왜 안 그럴까 싶어져. 우리 아들만 해도 결혼할 나이가 되었음에도 시큰둥하고 있는 걸 보면 요즘 결혼에 대한 남녀의 의식 차이가 이렇게 크구나 싶어져. 어쩌면 여자는 사랑에 성공하면 성공이지만 남자는 성공하면 사랑이 따라온다고 생각해서 더 느긋하게 구는 건지도 모르겠어. 그러니까 결혼하고 싶어 하는 여자들은 도대체 괜찮은 남자들은 어디 있는 거냐고 불안해할 수밖에 없지.

그렇다고 결혼을 포기할 수는 없는 일. 괜찮은 남자들이 결혼할 마음을 먹을 수 있도록 해야 해. 그들이 아직 솔로로 있는 이유는 '마음에 드는 여자가 없어서'래. 그러니까 그들이 결혼할 마음을 먹을 수 있도록 여성성을 잃지 않으면서 인간적으로 다가가는 거지. 모든 남자들이 어리고 예쁜 여자만 바라는 건 아니야. 서른 넘은 남자들은 지쳐 있어서 자신을 이해해주고 배려해주는 여자를 바라지. 초야에 묻혀서 그런 여자를 찾고 있는 괜찮은 남자를 만나야 해. 어떻게? 친구들과 퇴근 시간에 맞춰 괜찮은 남자의 서식지인 호프집이나 주점에서 약속을 잡는 거야. 혹시 옆 테이블의 싱글남들과 합석이라도 하게 될지 모르잖아. 그러면 인연을 만날 확률도 훨씬 높아지는 거 아니겠니? 호랑이를 잡으려면 호랑이가 있는 굴 근처라도 가봐야 잡든지 만나든지 할 거 아냐. 괜히 여자들끼리 모여 남자 없다고 푸념만 해봤자 아무 소용없어. 어디엔가 내 마음에 쏙 드는 남자가 있을 거라고 생각하면서 꾸준히 노력해 보는 거야. 세상에는 노력하지 않고 그냥 얻어지는 건 없어. 연애라고 다를까? 여자 나이 서른 넘으면 멀쩡한 남자 못만난다는 말, 이제는 길고양이에게나 던져 줘버려. "옛다 너나 먹어" 하면서!

연하남과 연애해도 될까

친구 중에 다섯 살 연하인 남자에게 매일 아침 '잘 잤냐고',

밤에는 '잘 자'라고 하루에도 몇 번씩 카톡을 보낸대.

그 친구도 처음에는 귀여운 동생쯤으로 생각했다가

요즘 남자로 보이기 시작한다는 데. 어쩌면 좋아!

친구들 모두 어린애 만나다 헤어지면

결혼에 치명타 입는다고 말리는 데

난 뭐라고 말해주지?

연상 연하 커플이 요즘 트렌드라지. 사랑에는 국경도, 인종도 없다는데 나이가 뭐 대수야? 하면서도 난 좀 받아들이기가 좀 버거운 게 사실이야. 남자들은 원래 어린 여자를 좋아하고, 여자들은 자기보다 나이가 많고 믿음직한 남자를 좋아하는 게 본능이라고 믿고 있던 관념들이 뒤집히니까 적응이 잘 안 돼. 이건 분명히 이 시대가 만들어낸 진화의 돌연변이지. 사랑에 대한 의식 변화와 여자들의 사회적 지위가 향상되었기 때문일 거야.

〈너는 펫〉이라는 영화도 이런 돌연변이 현상을 그대로 보여줘. 스펙 좋고, 수입 좋고 게다가 외모까지 겸비한 골드 미스 은이에게 마침 안식처를 구하던 인호가 은이의 충실한 펫 모모가 되겠다며 나타나지. 마침 너무 잘난 여자는 부담스럽다는 이유로 애인에게 차인 은이에게 "주인니임~! 잘 부탁드려요~ 왈!!" 하면서 인호가 애교로 혼을 빼놓으니 안 넘어갈 수 있나? 주인님 전화는 꼭 받고, 피곤해서 돌아오면 반갑게 맞이하러 나가고, 택배도 잘 받아 주는 완벽한 펫 모모와 함께 살면서 은이는 점점 길들어 간다는 스토리야. 옛날 같았으면 말도 안 된다고 했을 영화가 이제는 통하는 현실이 됐어.

연애에도 필요에 의한 빅딜 현상이 온 것 같아. 연하남은 누나 같은 애인을 사귐으로써 자신의 마음을 잘 이해해 주고 배려해 주니까 편안하고, 연상녀는 연상의 남자에게서는 절대 볼 수 없는 뜨거운 열정과 로맨틱한 애정공세로 잃었던 생기를 되찾지. 그러면서도 마냥 행복한 건 아니야. 결혼에 골인하면 다행이지만 연하남 사귀다 헤어지면 결혼 시기도 놓치면 어쩌나, 사회에 나와 자립하려면 아직 멀었는데 혼자 다 지고 가야 하니 문득 겁이 나기도 해. 하지만 그러면서도 어쩌지 못하고 자꾸 끌리게 되니까 안 만날 수도 없고 고민이 더 깊어지겠지.

인간은 사회적 동물이라고 하잖아. 변해가는 사회에 맞춰가면서 또다시 진화해가는 수밖에 없다고 생각 해. 일단 연하남과의 연애는 억지로 밀어내지 말고 마음껏 해보라고 말하고 싶어. 사랑은 머리로 사랑하는 게 아니라 가슴으로 사랑하는 거니까. 시간이 지나면 관계는 앞으로 더 나갈지 멈춰야 할지 결정을 해야 하는 지점이 오기 마련이거든.

영화 〈봄날은 간다〉에서 “라면이나 먹자.” “자고 갈래?”라고 노골적으로 유혹하는 은수의 말을 진짜 라면이나 먹고 잠이나 자고, “사랑이 어떻게 변하니?”라고 묻는 상우처럼 순수가 버거워 헤어질 수도 있고, 아니면 아주 죽이 잘 맞아 결혼으로 골인할 수도 있을 거야. 어쨌든 사귀어 봐야 연상연하의 장단점 파악하게 되고 혹시 헤어지더라도 다음 타자가 타나났을 때 어떻게 해야 하는지 알 수 있지 않을까.

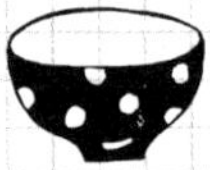

파올료 코엘료가 《마법의 순간》이라는 책에서 말하지.

“모든 것을 불태워 버릴 것 같은 사랑도 하고, 모든 것을 태우고 꺼지는 이별도 해보세요. 그편이 한 번도 사랑에 빠져 보지 않은 것보다 백번 낫답니다.”

결혼에만 모든 포커스를 맞추면서 철벽 치는 연애 편식이 오히려 너를 성장시키지 못하고 연애 세포를 죽이는 건지도 몰라. 연하남 사귀려면 그만한 각오는 해야겠지. 우스갯소리로 요즘은 쌍둥이도 세대 차를 느낀다고 하는데 세대 차이도 좀 있을 테고, 안정이 안 되어 있으니 데이트 비용은 써야 할 테고, 한 살이라도 더 어려 보이기 위해 옷이며 화장 등 신경 써야 할 것도 많을 거야. 주변 반대와 사회적 편견은 또 어떻고. 산 넘어 또 산이지만 치러야 할 대가만큼 즐거움도 많으니까 기꺼이 사귀어 봐. 사귀어 보고 아니다 싶으면 "그래, 사랑 한번 원 없이 해봤다."고 돌아서면 되지 뭘. 쉿! 이건 비밀인데 연하남과 사귀려면 6가지 수칙이 있대. '마녀사냥' 연애코치가 알려줬어.

1. 가르치려 들지 마라.
2. 어려 보이려고 애쓰지 마라.
3. 친구들과 친해지며 마음의 격차를 줄여라.
4. 돈으로 부담 주지 마라.
5. 자기 의견을 지나치게 내세우지 마라.
6. 가끔 착한 거짓말로 남자의 기를 세워라.

이 수칙을 잘 지켜서 꼭 결혼에 성공하길 바라. 그런데 이 연상연하 커플 트렌드는 언제까지 가게 될까?

연애가 지겨워지기 시작했어

요즘 들어 남자친구와 자주 싸워.

전화 통화하는 것도 귀찮고, 만나도 행동 하나하나가

짜증이 나. 쩝쩝거리며 밥을 먹는 것도,

머리 손질도 안 한 채 아무 옷이나 걸치고

만나러 나오는 것도 싫어.

예전에는 털털해서 남자답고 좋다고 생각했는데

지금은 모두 다 꼴 보기 싫어.

이 권태기를 어떻게 하면 좋아?

그렇다고 헤어지고 싶은 건 아닌데.

젊었을 때, 내가 생각하는 사랑은 무조건 열정적이어야 한다고 생각했어. 그래서 열정이 식고 설렘이 사라지면 '이게 사랑인가? 사랑이 뭐 이래!' 하며 우울해 했지. 하지만 지금은 열정이 식고 난 자리에 또 다른 사랑, 정과 신뢰가 있다는 걸 알겠어. 의리라고도 말할 수 있겠지. 정, 신뢰. 의리는 사랑보다 훨씬 더 지독하고 찐해. 사랑보다 더 높고 깊은 개념이지. 그래서 사랑하는 사람이 무능해 보이면 실망스럽지만 정든 사람이 무능해 보이면 딱해 보이는 법이야.

권태기란 열정이라는 꽃이 피었다가 진자리에 남는 익숙함이야. 그 익숙함에는 서로에 대한 관심도를 떨어뜨리는 독소를 포함하고 있어서 사랑이 사랑인지를 모르게 만들어. 권태기는 보통 연애 커플은 사귄 지 1년 3개월 정도에 찾아온다고 해. 무의식중에 '넌 내꺼'라는 생각이 들어서 긴장감이 사라졌기 때문이야. 썸 탈 때만 긴장감이 필요한 게 아니라 연인 사이에도 긴장감이 필수 인 이유도 이런 이유 때문일 거야. 연애하는 커플에게 권태기가 오면 만나도 데면데면해지고 만나는 것도 귀찮아져서 굳이 꾸미려고 하지 않지. 어떤 사람은 애인이 너무 꼴 보기 싫어서 차라리 딴 여자를 만났으면 좋겠다는 생각을 한 적도 있다니 권태기가 참 위험하긴 한가 봐.

곽정은 연애 칼럼니스트에 의하면 가장 이상적인 연애의 그래프가 있는데 처음 사랑을 시작할 때는 열정 90에 신뢰 10이다가, 어느 시점부터 열정 50에 신뢰 50점, 또 어느 시점부터 열정 10에 신뢰 90이라고 해. 열정이 사라지고 난 뒤에 신뢰로 채워갈 수 있다면 권태기는 두려워할 필요가 없다는 말이지. 그러니까 열정이 사라졌다고 우울해 할 게 아니라 신뢰와 친밀감을 어떻게 쌓아갈 건지가 더 중요하다는 얘기야. 권태기가 왔다고 우울해 할 필요 없어. 누구나 권태기가 온다는 걸 빨리 인정해야 해. 그렇지 않고 '난 이 사람과 안 맞나 보다' 하고 쉽게 결론 내려 버리면 관계는 끝나는 거지. 신뢰와 친밀감을 위해서도 조금은 노력하는 것도 필요하겠지.

지금까지 무엇이든지 애인과 같이했다면 '따로 또 같이'의 지혜를 발휘해보는 거야. 친구 만나 깨알 수다도 떨어보고 그동안 즐기지 못했던 취미 생활이나 쇼핑을 하면서 다른 곳에 관심을 두는 거야. 연락을 너무 자주 주고받았다면 횟수를 줄여서 궁금하게 만들고, 가끔 질투심도 불러일으킬 수 있게 하다 보면 어느 정도는 해결될 거야. 또 내가 권태기면 그도 권태기일 확률이 높을 터. 여태까지 보여주지 않았던 나의 새로운 모습을 보여주는 것도 좋겠지. 헤어스타일이나 옷 스타일 등 외모에 변화를 주거나 무뚝뚝하게 굴었다면 애교도 좀 살짝 떨어 보고, 취향이 달랐다면 상대방이 좋아하는 취향에 맞춰주기도 하면서 말이야. 사람은 누구나 의외성에서 새로움을 발견하게 되는 것 같아.

결혼해서도 마찬가지야. 부부도 오래 살다 보면 밥 먹는 모습까지 보기 싫어서 숟가락을 냅다 빼어 던져 버리고 싶어진다잖아. 발뒤꿈치까지 보기 싫다는데 말하면 뭐해. 그나마 내가 30여 년간의 결혼 생활을 하면서도 긴 권태기 없이 지내온 것은 여행을 통해 서로의 새로움을 발견하면서 살았던 때문인 것 같아. 일상이 무료하고 재미가 없어질 즈음이면 휴대전화 충전하듯 여행을 떠났지. 집이라는 익숙한 공간에서는 심각한 일도 낯선 곳으로 떠나 맛난 음식에 좋은 풍경을 보고 돌아오면 특별한 대화를 나누지 않아도 아무 일도 아닌 듯 사라졌어. 의도적인 설렘을 자주 만들며 사는 것. 그게 권태를 이겨 내는 가장 좋은 방법인 것 같아.

인간은 사람뿐 아니라 모든 것에 권태를 느껴. 권태란 쉽게 말해서 더는 새롭지도 신선하지 않아서 질리는 거야. 새로 산 옷도 몇 번 입으면 오고, 헤어스타일을 바꿔도 조금 지나면 싫증이 나고, 맛있는 음식도 자꾸 먹다 보면 질리는 것도 다 권태 때문이지. 그러니 언제까지나 연애가 뜨거울 거라는 기대를 접어. 드라마 〈괜찮아 사랑이야〉에서 공효진이 묻지. "너도 사랑 지상주의자니? 사랑은 언제나 행복과 기쁨과 설렘과 용기만을 줄 거라고?" 조인성이 대답해. "고통과 아픔과 슬픔과 절망과 불행도 주겠지, 그리고 그것들을 이겨 낼 힘도 더불어 주겠지." 바로 그거야. 사랑은 권태기를 주지만 변화무쌍한 사랑의 온도가 연인 사이를 더욱 끈끈하게 이어 주기도 해. 사랑받는 것 같다가도 아닌 것 같을 때도 있고 시소처럼 오르락내리락하는 것, 권태기라는 게 있어서 사랑이 더 빛나는 건 아닐까?

헤어진 남자친구에게서 메시지가 왔어

헤어진 남친에게서 "잘 지내니?" 하는 카톡이 왔어.

아직도 나를 생각하고 있나? 아니면

다시 사귀자는 건가? 괜히 마음이 복잡해졌지.

옛날 생각도 나서 반갑기도 하고,

약간 설레기도 하고. 이런 남자의 심리는 도대체 뭐야?

어떻게 대하면 좋을까?

SNS를 통해 개인의 사생활이 실시간으로 공유되는 시대야. 숨기려 해도 이내 일상이 드러나고 말지. 미혼자들의 대다수가 SNS를 통해 헤어진 애인의 소식을 몰래 확인한 적이 있다는 조사 결과를 봤어. 정보 찾기까지 30분 정도밖에 안 걸린다니 헤어진 애인도 언젠가 한 번쯤은 어떤 경로를 통해서건 접촉해 올 가능성이 크다고 볼 수 있겠지. 특히 많은 남자가 헤어진 여자에게 연락해서 다시 만난 적 있다는 조사 결과를 보면 대부분의 여자가 거절하지 못하고 있다는 반증 일 거야.

옛 남자친구에게서 연락이 왔으니 정말 기분 묘하겠다. 아직도 날 좋아하나? 싶어 싱숭생숭하기도 하고, 살짝 설레기도 했겠지. 만약 다른 남자 만나봤지만 '구관이 명관'이라고 예전 남친이 괜찮았는데 하는 생각이 들었다면 너도 모르게 흔들리기도 할 거야. 다시 만나면 잘되지 않을까 기대도 하게 될 테고. 너는 도대체 이 남자가 무슨 마음으로 이러는지, 어떻게 하면 좋은지 몰라 친구들에게 카톡 온 걸 보여주면서 분석해 보겠지? 하지만 분석해 보나마나야. '그냥' 얘는 지금 뭐할까? 별 의미 없이 보내 보는 거야. 여기서 '그냥'이라는 말이 중요해. 별 의미 없이 보내보는 거야. 문득 추억이 생각났었을 수도 있고 술을 마셨거나 아니면 외로움이 느껴져서 일수도 있을 테지.

네가 만약 "오빠도 잘 지내지?" 하고 보내면 "그럼 나야 잘 지내지, 언제 한번 보자." 하면서 답이 올지 모르지. 그렇지만 메시지 무시하면 다시 연락 오지 않을 확률이 높아. 다시 만나 볼 만큼 의미가 있는 사람이라면 다시 만날 수 있다는 여지를 주면서 어떻게 나오는지 보면 되지만 그렇지 않으면 머리 아프게 휘둘리지 말고 그냥 무시해. 괜히 마음만 싱숭생숭 하고 일도 손에 잡히지 않아서 시간만 흘려버릴 뿐이야.

마음 복잡하게 생각하지 말고 하나만 생각해. 그 남자는 '너에게 반하지 않았다.'야. 조금은 미련이 있긴 하지만 그렇다고 당장 만나서 다시 사귀자고 하기에는 좀 부족한 느낌이 드니까 그냥 던져 보는 수작이라고. 마냥 좋지도 그렇다고 싫지도 않은 상태라고 말할 수 있겠지. 남자는 여자가 정말 마음에 들면 어떤 경우라도 그렇게 그냥 놔두고 간간이 간이나 보는 짓은 안 해. 세상이 아무리 변해도 남자라는 유전자의 사냥꾼 기질은 변하지 않기 때문이지. 자기 스스로 다시 만나는 거에 대한 확신이 없으니까 너를 떠보는 것뿐이야. 그걸 모르고 나한테 아직 미련 있구나 싶어서 다시 만나게 되면 100% 상처받게 되어 있어.

"우리 언제 한번 봐야지?" 그러면 "그러자, 언제?"라거나 "좋지, 나 목요일 날 시간 되는데." 이렇게 답한다면 삽질의 역사를 다시 갱신하는 날이 반드시 올 거야. '아 뭐야? 나 또 말렸어!' 하면서 자다가 깨서 이불을 걷어찰걸? 공중에 발차기를 할지도 모르고.

전에는 여자들만 어장 관리 하는 줄 알았는데 요즘엔 어장 관리하는 남자도 많다며? 스펙 좋고 능력 있는 여자는 많은데 남자친구 없는 여자들이 많아서 그런 가봐. 어장관리남의 함정은 만나자는 말은 잘 안 하는데 일단 만나면 달콤하게 해주는 남자. 진짜 요주의 인물이지. 즐기고 싶지만 나만의 여자를 만들어 책임지고 싶지 않다는 심리를 갖고 있어. 외모면 외모, 매너면 매너 모든 조건이 갖췄다면 아주 치명적이겠지.

어장 관리남에게 넘어가지 않으려면 썸 타는 시간을 줄이는 것도 방법이야. 절대로 먼저 연락하지 말고, 몇 날 몇 시에 어디서 만나자는 말이 없으면 절대로 먼저 만나자고 해서는 안 돼. 왜냐하면, 이런 남자들은 다른 여자에게도 똑같은 메시지를 날릴 확률이 높기 때문이야. 재고 있다가 다른 여자가 연락되면 홀랑 그 여자에게로 넘어가지. 나이는 자꾸 먹어 가는데 사귀는 남자가 없으면 어장 관리하는 남자에게 낚이기 쉬워. 뭔가 조급하니까. 그런데 이럴 때 낚인 상처는 그 어느 때보다 오래갈 수 있어. 나 원래 안 그러는데 내가 미쳤구나 싶지만 이미 상황은 끝이지. 여행도 가야 하고, 자기계발도 해야 하고, 하고 싶은 것도 많은 이 세상. 적어도 어장 속 물고기 같은 꼴은 되지 말아야 하는 건 아닐까? 어장관리 하는 느낌의 메시지가 오면 그냥 어퍼컷을 날려버려. "누구시죠?"

남자와의 우정이 가능할까?

남자와 여자 사이에 진짜 우정이 존재할까?

나한테 십 년 된 남자친구가 있는 거 알지?

주변 사람들도 다 아는 친구 사이야.

그런데 남자친구가 우리 사이를 용납하지 않아.

우리의 '우정'을 '썸'으로 의심한다니까!

남자친구와 애인, 그리고 나.

우리 셋은 어떻게 공존할 수 있을까?

"나, 어제 남자사람친구랑 쇼핑 갔다 왔어."
"얼마 전에 사귄 남자친구?"
"아니. 그 남자친구 말고 그냥 남자사람친구."
"아, 너 어릴 때부터 알고 지냈다는 그 애 말이구나."

단골 카페의 내 옆자리에 앉은 두 여자가 나눈 얘기야. 요즘 젊은 사람들은 남자 친구라는 말도 '사귀는 남자친구'와 '그냥 남자 친구'의 호칭을 구분해서 부른다는 게 참 귀엽구나 싶어. 호칭이 헷갈리지 않고 얼마나 좋아. 그런데 왜 구분해서 부르기 시작했을까? 아마도 그냥 친구로만 만나는 남자 친구가 있다 보니 자연스럽게 구분하게 되었겠구나 싶었어. 그렇다면 남자와의 우정이 가능하다고 생각하는 사람들이 만들었겠지? 애인이 혹시 관계를 알고 질투하면 그냥 "남자사람친구야"라고 말할 수 있도록 말이지. 내가 젊었을 때는 결혼만 하면 무조건 다른 남자는 절대 만나서는 안 된다고 생각하고 그렇게 했지만 지금은 시대가 바뀌었으니까 이런 호칭이 나올 법도 하겠어. 사귀는 남자도 관계가 어느 정도 진척되고 있느냐에 따라 심남, 썸남, 남친몬으로 세분화되고 진화해서 불리는 신종 연애용어들이 등장했다는 것도 참 재밌다 싶어.

어느 날 딸이 말했지. 결혼 날짜를 잡고 났더니 마치 솔로 마을에서는 "바이, 바이!" 하는 것 같고 기혼 마을에서는 "어서 와!" 하며 환영하는 것 같다고. 자신도 모르게 기혼 친구들의 남편과 시댁 문제, 생활비 등 현실적인 말에 귀 기울이고 공감하기 시작했다고 했어. 자연스러운 과정이야. 친구 관계도 결혼으로 인해 멀어지기도 하고 가까워지기도 하니까. 배를 타고 강을 거슬러 올라가다 보면 풍경이 달라지는 것처럼. 나도 지금 학창 시절 단짝이었던 친구가 지금은 얼굴도 보지 못하고 지낸 지가 오래되었고, 아이들 키우면서 육아의 고통을 함께 나누었던 친구도 안부 정도만 묻고 지내는 사이가 되었어. 이제는 내 취향과 비슷하거나 글 쓰는 친구가 아니면 별로 친하게 지내지 않아. 친구란 상황에 따라 떠나고 다시 만나기도 하는 것 같아. 같은 여자 친구도 이런데 이성 친구와는 더하지.

남자와의 우정이 가능하냐? 그렇지 않으냐? 의 문제는 아주 오래전부터 이어져 온 논쟁의 대상이야. 대부분 여자는 남자와의 우정이 가능하다고 믿지만 남자는 불가능하다고 딱 잘라 말하지. 여자들은 자기 자신이 감정 조절 잘할 수 있다고 자신하지만, 남자들은 남자란 원래 본능적으로 짐승이 될 확률이 높다는 걸 아니까 불을 붙이지만 않았을 뿐 폭죽과 같다고 생각하는 거야. 그래서 남자들은 한결같이 말해. 아무 이유 없이 밥 사고 술 사고 말 들어주는 남자는 없는 거라고. 실제로 이성 친구에게 연애 감정을 느낀 적 있다는 사람이 조사결과 거의 90%에 육박한다고 해. 여자는 다른 사람은 모르는 내 모습을 남자 친구가 알고 챙겨 줄 때, 남자는 평소에는 멋을 안 내다가 어느 날 풀 메이크업을 한 여자 친구의 반전 모습에 흔들렸던 적이 있었다는 거야. 이성 친구란 상황에 따라 우정과 사랑 사이를 왔다 갔다 아슬아슬 줄타기할 수도 있다는 얘기지. 이성 친구와의 우정이 가능하기도 하겠지만, 돌발 변수도 있다는 의미야.

하지만 너의 문제는 남자와의 우정이 가능하냐? 그렇지 않으냐? 의 문제가 아니라 애인이 남자사람친구의 존재를 인정해주느냐 안 해 주느냐? 의 문제인 것 같아. 애인이 남자사람친구의 존재를 인정해 주지 않는 데 굳이 반대를 무릅 쓰고 까지 관계를 지속해서는 안 된다고 생각해. 살다 보면 서로 부딪치는 문제들이 얼마나 많은데 굳이 싸움의 소지가 될 폭발물을 안고 있을 필요가 뭐 있어. 혹시 애인이 소심하고 쫀쫀한 사람이라서 인정해주지 않는 거라고 생각하는 거니? 그건 아니야. 애인도 사람인데 내가 사랑하는 사람이 다른 남자와 친하게 지내게 되면 때로는 질투도 나고 시샘도 나는 거야. 같은 여자친구끼리도 그러는데 남자한테는 더 그렇지. 특히 남자란 자기가 사랑하는 여자에게 남자라는 존재는 자신 한사람이기만을 바라는 마음이 아주 커. 왜? 사랑하니까.

이 문제의 열쇠는 애인. 애인이 갑이야. 인심 쓰듯 애인에게 결정권을 줘봐. "내가 그 친구 만나는 게 그렇게 불편하다면 안 만날게. 자기 마음이 편해야지. 안 그래?" 이렇게 말하면 누가 알아? 자기 마음 알아주는 게 고마워서 의외로 남자답게 인정해 줄지도 모르잖아. 그래도 마음이 안 풀린다면 이 말 하나만 생각해봐. 역지사지(易地思之)! 애인이 여자사람친구와 카페에서 허허, 호호 수다를 떨며 술도 마시고, 맛있는 거 먹으러 다닌다면?

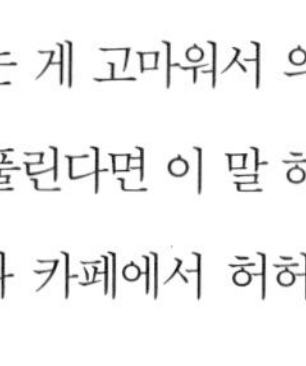

이대로 나이 먹어도 괜찮을까

어느새, 혼자라는 게 흠이 되는 나이가 됐어.

주말에 집에 있으면 엄마는 혼자 있으면

병 생긴다고 친구라도 만나라고 잔소리하셔.

가뜩이나 우울해 죽겠는데 엄마까지

이렇게 잔소리하면 정말 짜증 폭발이야.

이럴 때 나이만 먹는다는 게 너무 부담스러워져.

친구들은 하나씩 시집을 가거나

직장에서 승승장구하는데 나만 처지는 것 같아.

나이 더 들면, 나는 어떤 모습이 되는 걸까?

여자들에게 나이는 깡패야. 나이가 때로는 폭력처럼 느껴지기도 하니까. 그래서 여자들은 호칭에 민감해질 수밖에 없지. 20대 학생일 때는 ‘아가씨’로 불리는 거에 질색하고, 결혼한 후에는 ‘아줌마’라는 호칭에 질색하지. 좀 더 나이 들어서는 ‘할머니’라는 호칭에 질색할 거야. 언젠가 옷가게에 들렀더니 점원이 “어머님이 입으시게요?” 하는데 멍해지더라고. 내가 어느새 ‘어머님’이라는 호칭으로 불리게 되었구나 생각하니 비감하더라. 내 친구도 어느 날 비행기를 탔는데 옆 좌석에 앉아 있는 아이가 팔을 자꾸 잡아끌더래. 그러니까 아이 엄마가 아이에게 “할머니한테 그러면 안 돼.” 하는데 정말 기절하는 줄 알았다고 해. 친구의 얘기를 듣는 순간, 나에게서도 할머니 필이 나겠구나 싶으니까 참 씁쓸해지더라고. 자신이 나이 들어가고 있다는 깨달음은 참 더디게 오는 것 같아.

나도 이런데 너는 나이에 더 민감하겠지. 한 살 더 먹었을 뿐인데 사람들이 대하는 태도가 서른 전과 후가 달라도 너무 다르잖아. 마치 다이아몬드인 줄 알았더니 돌이었어? 하는 표정이지. 도대체 서른이 뭔데, 20대에서 한 살 더 먹어 서른이 됐을 뿐인데 사람들의 반응은 하늘과 땅 차이인 거야? 처음 만나는 사람도 이름이 뭔지 보다 몇 살인지를 먼저 물어. 특히 미혼의 남자들이 나이를 물어서 서른이라고 말하면 "아, 네" 하며 기어들어가는 목소리잖아. 그럴 때 '아, 20대라고 속일 걸 그랬나!' 싶다가도 한 편으로는 '그래 이 자식아! 니가 나 나이 먹는데 떡국 한 그릇 사준 적 있냐?' 따지고 싶어지지. 실제 나이와 외모 나이를 구별 좀 하면 얼마나 좋아. 외모는 아직 생기발랄한 20댄데 왜 그걸 몰라주나 몰라. 나이가 흠이자 멍에가 될 때, 그까짓 거 결혼 안 하고 혼자 살면 되잖아 하는 마음도 생길 거야. 맞지? 내 말이 틀려?

내가 아는 어떤 총각은 서른 넘은 여자는 절대 안 만난대. 결혼할 마음 없는데 괜스레 결혼 어쩌구 할까 봐 겁나서. 여자들도 겁나긴 마찬가지야. 결혼할 마음이 없는 사람인데도 자꾸 만나다 보면 정 들까 봐. 아닌 건 아닌 거로 단칼에 잘라버리고 싶지만, 혼자는 외로우니까 보험 드는 심정으로 만나지. 정들면 안 되는데, 안 되는데 하면서도 말이지. 게다가 하루가 다르게 몸 상태도 안 좋아지고 피부는 점점 더 칙칙해지는데 친구들은 한둘씩 결혼 소식을 전해오니까 느는 건 한숨뿐이야. 뭐 그리 자기 짝들은 잘도 만나는지 꽃 소식보다 친구들의 결혼 소식이 더 많이 들려오지. 나보다 안 예쁘고, 나보다 키도 작고, 나보다 직장도 별로인 친구가 결혼한다고 하면 괜스레 그 친구에게 진 것 같은 패배감이 들 거야. 그래도 서른 전까지는 자존감인지, 자신감인지 아무튼 뭔가 근사한 감정들이 시퍼렇게 살아있었는데 이제 그 마음들은 데쳐 놓은 시금치처럼 풀이 팍 죽어 있어. 아후, 그까짓 나이가 뭐라고!

내 젊은 날도 나이 먹는 게 그렇게 서글플 수가 없었어. 결혼과 동시에 아가씨에서 아줌마로 전락하고 나니 이렇게 애 키우고 살림하며 어영부영 살다가 죽는 건가? 더 나이 들면 더는 희망도 없는 아침을 맞을 테고 아무것도 추구하는 것 없이 살 텐데 어쩌나? 우울하고 또 우울했지. 마흔 고개를 넘어갈 때는 최악이었어. 나이에 3자가 붙는 것과 4자가 붙는 건 얼마나 무시무시한 차이로 느껴지던지. 여성으로서는 물론이고 성적매력마저 사라진, 그저 한 사람의 '여자어른'이 되겠다 싶으니 땅속으로 들어가고 싶더라. 나이 듦이 시시때때로 발견되기도 했어. 피부의 윤기가 사라지는 건 물론, 만질만질하던 발뒤꿈치가 꺼끌 꺼끌 버석버석 말라가고, 마사지를 받으려고 엎드렸을 때 예전에는 가슴이 바닥에 닿아 아팠는데 이제는 편해지고 나니 몸이 하루가 다르게 허물어져 가는 구나 싶어 허탈했지.

하지만 지금은 치! 그까짓 나이 먹는 게 뭐 어때서 그리 서글퍼 했을까 싶어. 모름지기 나이란 들어봐야 제맛을 알게 되는 것 같아. 여자로서의 매력을 잃은 대신 나의 내면을 자주 바라볼 수 있는 혜안이 생겼고 무엇보다 세상의 기준으로 살지 않고 나답게 흔들림 없이 살려고 애쓰고 있는 지금이 내 인생의 화양연화야. 게다가 언제나 내 편이 되어주는 남편과 잘 자라 준 아이들이 있으니 젊음이 부럽지만은 않아. 너는 내 나이 되어 보지 않아서 아직 모르겠지만, 좌충우돌하면서 살아온 것들이 다 모이고 쌓여서 지금의 내가 된 게 그렇게 대견할 수가 없어. 나는 젊어봤으니까 젊었을 때와 지금을 정확하게 비교할 수 있잖아.

〈아메리칸 퀼트〉라는 영화를 보면 저마다의 인생을 살아온 사람들이 조각조각 패치들을 이어가며 삶

을 이야기 하지. 기쁜 일도, 슬픈 일도 모두 조각으로 남았다가 나이 들면 어느 순간 아름다운 한 폭의 퀼트가 되는 것. 그게 인생이 아닐까 싶어. 인생은 우리가 온종일 생각하는 것으로 이루어지고, 우리 모습은 생각의 빛깔로 물들어 간다고 하잖아. 젊었을 때 어떻게 살았느냐에 따라 나이 들어서의 모습이 결정되는 거야. 들판에 나 뒹굴고 있는 호박도 제대로 익어야 호박 고유의 맛이 나듯 지금 이 순간을 잘 살아가야 제대로 나이 먹어 갈 수 있어. 너는 지금 미래가 한없이 불투명하다고 느끼겠지만, 오늘을 잘 살면 내일 또한 행복할 수 있다는 건 만고불변의 진리야. 단언하건대 청춘일 때 젊음을 낭비하지만 않는다면 너는 젊을 때보다 나이 들어서 훨씬 더 풍요로운 삶을 살게 될 거라고 생각해. 무엇이든지 원하는 게 있으면 무조건 건 해보는 거야. 지금부터 제대로 나이 들어가겠다고 마음먹어 봐.

하지만 지금은 치! 그까짓 나이 먹는 게
뭐 어때서 그리 서글퍼 했을까 싶어.
모름지기 나이란 들어봐야 제맛을 알게 되는 것 같아.

'노처녀'라는 딱지 때문에 주눅 들지 마. 지금까지 부모님 말씀 잘 듣고 열심히 공부하고 일하면서 치열한 20대를 견뎌왔잖아. 너의 서른은 그냥 먹은 게 아니라 상처받고 멍든 가슴을 가까스로 견디며 쌓아온 캐리어가 지문처럼 남아 있어. 그러니까 '그래, 나 노처녀야 어쩔래? 힘든 일 겪어가면서 여기까지 왔다 왜?' 하며 맞서 나가. 네가 두려워해야 할 건 나이 듦이 아니라 의기소침해 지는 것, 남의 시선에 너를 맡기는 것, 아무것도 하기 싫어하는 무기력함이야. 연애에서도 마찬가지지. 나이는 숫자라기보다 마음으로부터 오는 거야. 심리적으로 나이 들면 외모의 노화는 물론 궁상스러워 져서 솔로 냄새가 지독하게 날 수 있어. 지금은 너를 숙성해나가기 위한 준비 과정. 이 과정을 당당하게 지나고 나면 마흔 중반부터 네 인생의 가장 빛나는 시기를 보내게 될 거야.

당장 뭐라도 되어 있어야 한다고 자신을 다그치지 않았으면 좋겠어. 아무리 나이를 먹어도 흔들리고, 좌절하고, 실수도 많이 하는 게 사람이야. 그렇지만 조금씩 받아들이고, 변화하면서 죽을 때까지 조금씩 성장해가는 거지. 서른엔 분명 스물에 보지 못했던 꽃을 보게 되고, 또 마흔에는 서른에 보지 못한 또 다른 꽃을 보게 돼. 이런 게 '나이 밥'이라는 거야. 시간이 주는 '나이 밥' 싫다고 거부하지 말고 맛있게, 재미있게 잘 받아먹으면서 소화해 가. 50년간 정신과 의사를 지낸, 팔순을 바라보는 이근후 박사도《나는 죽을 때까지 재미있게 살고 싶다》라는 책에서 이렇게 말씀하시지. "인생은 어느 시기나 그에 알맞은, 그때만 느낄 수 있는 즐거움이 있다. 그것을 충분히 느끼며 산다면 성공한 인생이다!" 나이에 대한 불안감이 생길 때마다 지금 너는 네 나이에 느낄 수 있는 즐거움을 느끼며 살고 있는지 돌아봐. 그리고 이 질문 하나만 해봐. 미래의 나는 현재의 나를 얼마나 사랑할 수 있을까?

잘 나가는 친구랑 비교하니 내가 너무 초라해

내 친한 친구가 유학을 다녀오더니 외국계 화장품 회사에 들어갔어. 매주 파티다 외국 출장이다 얼굴 볼 시간도 없더니 얼마 전에는 승진도 했대. 어떤 친구는 이름만 대면 다 아는 부잣집으로 시집갔어. 돈 안 벌어도 되니까 정말 좋겠다! 학교 다닐 때는 나보다 공부도 못했던 친구들은 다 잘나가는 데 도대체 난 뭐야? 제대로 된 연애를 하는 것도 아니고 그렇다고 결혼해서 안정적인 생활을 하는 것도 아니고. 작은 사무실에서 보풀 난 카디건 하나 걸치고 매일 컴퓨터 앞에만 앉아 있는 내가 너무 초라해.

다들 점점 살기 힘든 세상이 되었다고들 아우성이야. 그렇지만 뭐니 뭐니 해도 제일 힘든 건 30대 미혼 여자들일 거야. 나이는 자꾸 먹어 가는데 괜찮은 남자는 없고, 남자가 있다고 해도 결혼 준비도 안 되어 있는 것 같으니 계속 만나야 하나 뻥 차버려야 하나 갈등하지. 하는 일도 내가 정말 원하던 일인지, 언제까지 할 수 있을지 헷갈리고, 결혼을 꼭 해야 하는 건지에 대해서도 회의적이야. 결혼 결정을 한 사람도 마찬가지지. 신혼집 문제나 혼수, 예물 등 신경 쓸 게 얼마나 많아. 그런 데다 들려오는 '카더라' 통신은 또 얼마나 다양한지.

'○○는 ○○회사 막내아들과 사귄대.'
'○○는 ○○ 대학교수 됐대.'
'○○는 카르티에 목걸이 세트에 샤넬 빈티지 가방을 받았다더라.'
'○○는 대출 한 푼 없이 강남에 신혼집 샀대.'

이런 말이 들려오면 너도 모르게 자꾸만 '나는 뭐 하고 있는 거지?', '내 남자친구는 왜 이 모양이지?' 싶을 거야. 화려하게 결혼하는 친구에게 마음으로는 진심으로 축하해 주고 싶은데 솔직히 질투심이 먼저 드니까 "에휴" 하며 한숨부터 나와. 친구들은 다 화려하게 사는 것 같은데 나만 구질구질 궁상떨며 사는 것 같고, 다른 사람들은 다 잘나 보이는데 나만 왜 이런가 우울해져. 특히 SNS상에는 왜 그리 블링블링하게 사는 친구들의 신혼 사진이 많이 올라오는지. 학교 다닐 때는 너보다 공부를 못하거나 비슷했는데 서른 이후부터 인생이 확 갈리는 것 같아서 더 우울해질 거야. 비교를 안 하려고 해도 자꾸 비교되고 그러다 보면 마음속 갈등이 심해지지. 이럴 때 머릿속에서는 〈서른 즈음에〉 노래 가사가 자꾸 떠오르겠지.

또 하루 멀어져간다
내뿜은 담배 연기처럼
작기만 한 내 기억 속에
무얼 채워 살고 있는지

그렇다면 지금 채워야 할 것은 뭐? '나는 나, 나답게 산다!'는 신념이야. 남이 내 인생 살아주는 게 아니라 내가 사는 것이란 신념을 마음 가득 채우면 그 어떤 것에도 흔들리지 않는 너만의 삶을 살 수 있어. 남이 나 대신 돈을 벌어주는 것도 아니고 내 형편 다 알아서 살아주는 것이 아니잖아. 너는 너, 나는 나라는 신념을 가슴 속에 꼭 품어. 심리학자 아들러는 "누구도 나를 대신할 수 없다. '이런 내가 싫어. 다른 사람이 되고 싶어' 같은 생각을 그만두고 남과 비교하지 않을 때 내 삶은 바뀐다."고 했어. 비교는 자신을 초라하게 만드는 최악의 주범이야. '나는 나'라는 신념을 갖지 못하면 내가 가진 것들은 다 가치 없는 것들로 전락하게 돼. 세상 그 어디에도 없는 유일한 존재가 나라는 사람인데 그깟 사람들과 비교해서 하찮은 사람으로 전락하게 하는 건 너무 억울하지 않니?

결혼의 최대 적도 비교 병이야. 내가 선택한 사람임에도 불구하고 친구들의 신랑과 비교하면 다 못나 보이지. 돈도 없는데 외모, 능력, 성격까지도 다 하찮아 보이고. 그뿐인가? 내 형편에 맞게 결혼하겠다고 마음먹고도 비교하는 순간, 남보다 잘하지는 못해도 남 하는 만큼은 해야지 않을까 하는 마음이 끼어들어 혼란스러워지지. '남'이 아니라 '나'여야 해. 그러지 않으면 남이 원하는 것에 맞추게 되어있어. 누가 뭐래도 나는 내 길을 간다는 원칙을 확고히 갖고 있어야 주변 분위기에 휩쓸리지 않을 수 있지. 네 인생에서 '나는 남들과 다르다'고 생각하고 너 자신에게만 시선을 두면 뭔가 달라질 거야. 남과 다르다는 건 아주 귀한 나만의 매력이잖아.

남의 눈은 잠시 머물렀다 가는 거야. 결혼을 잘하는 것 같다는 남들의 칭찬? 다 순간 지나가는 거야. 나중에 물어보면 결혼식이 어땠는지, 드레스를 뭘 입었는지 전혀 기억도 못 해. 그냥 그 순간만 보기 좋았을 뿐인 거야. 그 한 순간을 위해 귀한 에너지를 다 쏟아 붓지 않았으면 좋겠어. 진짜 행복한 결혼은 오랫동안 두 사람이 마음 맞춰 행복하게 사는 게 진짜 잘하는 결혼이지. 당장은 남과 비교해서 초라한 것 같아도 나답게 내실 있게 하고 나면 후에 그렇게 결혼하길 잘했다고 백만 번쯤 생각하게 될 거야. 살아가는 동안은 비교에서 완전히 자유로울 수는 없겠지만, 비교의 상대를 내 마음대로 고를 수는 있겠지. 마음껏 비교해도 되는 상대는? 과거의 나 자신! 그럼 남는 장사 한 거 아닌가.

"결혼, 하자니 두렵고, 안 하자니 불안하고.
나 정말 결혼할 수 있을까?"

02

"결혼이란게 그런거야. 결혼하려고
마음먹은 시기에 만난 사람과 하게 되는…"

.

,

결혼, 하자니 두렵고, 안 하자니 불안하고

나이 때문일까? 모든 게 다 두렵기만 해.

결혼을 생각하면 모든 걸 희생하면서 살 수 있을지 두려워.

내가 원하는 인생을 살지 못할까 봐,

남편이 혹시 마음이 변하면 어쩌나 싶어서.

결혼하지 말까 생각해도 마찬가지야.

사랑도 끝나고 청춘도 끝나면 홀로 늙어간다는 게 불안해.

이러지도 못하고 저러지도 못하는 마음,

왜 그러는 걸까?

“제가 결혼하는 게 좋을까요, 아니면 결혼하지 않는 게 좋을까요?”

“이런 남잔데 결혼해도 될까요?”

《엄마의 주례사》라는 책을 낸 이후, 젊은 처자들이 내게 가끔 물어. 나는 결혼 전문가가 아닌데도 불구하고 내게 묻는 걸 보면 얼마나 답답하면 저러나 싶어. 그러다가도 삶이란 정답이라는 게 없고 결국에는 자기 자신이 답일 수밖에 없는데 이런 질문이 과연 도움이 되나? 하는 마음이 들고. 아무리 좋은 말도 말 그대로 조언일 뿐, 결국 자신이 선택해야 하고 선택한 것에 대한 책임은 자신이 져야 하는 데.

미국 예일대 심리학자 대니얼 래빈슨은《여자가 겪는 인생의 사계절》이란 책에서 여자의 삼십 대를 ‘특별히 힘든 시기로 접어드는 때’, ‘인생의 난이도 ‘중’에서 ‘최상’으로 바뀌는 시기’라고 했어. 그러니 뭐하나 시원하게 되는 일은 없고 결혼에 대해서도 어떤 선택을 해야 할지 불안하기만 하겠지. 네가 어릴 적 생각해 온 서른은 시작의 의미가 아니라 결승지점에 골인해서 느긋하게 여유를 즐기고 있는 이미지였을 거야. 적성에 딱 맞는 직장에다 좋은 남자 만나 결혼을 했거나 아니면 우아한 솔로 생활을 하고 있을 거라 믿었겠지. 막상 서른 살이 되고 보니 현실은 어때? 일은 하고 있지만 별 열정도 없으니까 빨리 결혼해서 안정을 찾고 싶다는 생각밖에 안 들지. 그런데 결혼은 어디 쉬워? 이렇게 살다 보면 결혼도 못 한 채 마흔도 쉰도 별로 달라질 게 없겠다는 생각에 날이 갈수록 얼마나 불안하기만 해.

너의 불안과 두려움의 원인은 네가 어렸을 때부터 생각해온 환상 속 서른과 지금 현실의 서른이 자꾸 부딪치기 때문일 거야. 연애도 점점 힘들어지고 결혼은 말할 것도 없고. 그래도 결혼은 해야지 싶으면서도 감당할 수 없을 것 같고, 그렇다고 평생 혼자 살기는 싫고. 이런 두려움과 불안들이 비단 너만의 고민은 아니야. 네 나이쯤에는 누구나 그럴 수 있으니까. 나도 네 나이쯤 때에는 왜 그리 불안했나 몰라. 막상 부딪쳐보니 아무것도 아니었는데도 말이지. 지금의 너는 나보다 더할 거야. 예전보다 세상이 더 복잡해졌고 '하면 된다! 는 말은 그저 구호로만 인식될 뿐이잖아. 연애라는 것도 나이 들수록 더 어렵고, 결혼하고 싶은 남자를 못 만나면 어쩌나 불안하기도 하고, 결혼은 하더라도 내가 하고 싶은 걸 못할까 봐, 또 아이를 낳고 나면 육아로 인해 커리어를 포기하게 될까봐…….

서른이란 20대의 리허설이 끝나고 무대의 막이 오르기 전 암전 같은 시간이야. 지금 너는 네 인생의 가장 두려운 시기를 통과하는 중이지. 미래는 보이지 않고 아는 게 없기 때문에 어떻게 될지 몰라 두려움은 더 커지고 무기력증에 빠진 거야. 지금 너의 상태를 그대로 인정하고 받아들인다면 불안과 두려움은 훨씬 줄어들 거야. 두려움의 원인은 실체를 알 수 없기 때문이거든. 미국의 철학자 에머슨도 '두려움은 언제나 무지에서 샘솟는다.'고 했어. 실체를 알고 나면 두려움은 감당해 낼 수 있지.

언젠가 혼자 정선으로 여행을 갔다가 어둠이라는 두려움과 정면으로 마주선 적이 있었어. 5량의 기차를 개조해 만든 기차 펜션에서 하룻밤을 혼자 묵는데 한밤중에 눈이 떠진 거야. "흡!" 칠흑의 어둠이 나를 덮치더라. 불빛 하나 없는 그런 어둠은 생전 처음이었어. 마치 내가 관속에 누워 있는 것만 같았지. 일어나 불을 켤 엄두는 나지 않고 그대로 '얼음'이 되어 발가락조차도 꼼짝할 수 없었어. 그때, 어둠을 이겨내려고 하면 할수록 두려움이 나를 삼켜 버릴 것만 같더라. 이기려고 할 게 아니라 그냥 지나가게 내버려 두기로 하고 그냥 어둠을 응시했지. 얼마나 많은 시간이 지났을까? 푸르스름하게 하늘이 제일 먼저 열리더니 산등성이와 하늘의 선이 분명하게 그어지는 게 보였어. 빛과 어둠이 서서히 교차하는 순간이었지. 곧 "오~라리오~ 삐리리릭~ 쪼쪼~쪼르륵~" 새소리가 나고 마을 어디에선가 닭 우는 소리가 들려오니 절로 안도의 한숨이 나오더라. 그때 깨달았어. 두려움은 이기려고 애쓸 게 아니라 받아들이고 흘러가게 내버려둬야 한다는 걸!

지금 너도 내가 맞닥뜨렸던 것과 같은 어둠 속일 거야. 내가 새벽이 곧 올 거라는 기대를 하고 어둠을 응시했던 것처럼 지금 현실을 인정하면서 용기와 자신감을 가져야 해. 용기와 자신감이 없으면 설령 결혼한다 해도 별로 행복한 생활을 할 수 없어. 가장 힘든 시기를 통과하고 있다는 걸 인식하고 불안과 두려움이 너를 잠식하지 않도록 이 시기를 적극적으로 즐겨. 헬렌 켈러는 "삶이란 위험을 무릅쓴 모험"이라고 했어. 아직 오지 않은 미래를 두려워만 할 게 아니라 마음의 준비를 하면서 지금 현재를 잘 헤쳐나가 봐. 가보지 않은 미래에 대해서 공부하면서 미리 준비해 보는 거야.

나는 젊었을 때부터 나의 중년을 미리 준비했어. 나보다 먼저 인생을 살아본 선배들의 얘기를 귀담아들어 보면 아, 저 나이에는 저렇구나! 그렇게 하면 되겠어, 하는 마음이 생기곤 했지. 직접 몸으로 부딪히면서 얻은 선배들의 지혜는 언제나 나를 이끌어 가는 등불이 되어주었어. 눈 밝을 때 책 많이 보라던 조언을 놓치지 않고 일본의 작가 소노 아야코의 책이나 여성학자 박혜란 씨의 책 등을 밑줄을 긋고 메모를 해가며 읽었던 것도 많은 도움이 되었던 것 같아. 마음 허전하거나 어디로 가야 할지 갈팡질팡할 때 책 전체의 내용보다 어느 한 문장에서 위로를 받고 내가 가야 할 방향을 다시 찾아가기도 했어. 아마 지금의 나는 나보다 먼저 산 사람들의 체온이 들어있어서 내 삶이 더 풍요로워졌는 지도 모르겠다.

결혼하던 안 하던 상관없이 너무 두려워 마. 당장 뭐라도 해야 한다고 조급해하지도 말고. 넘어진 김에 쉬어 간다는 말이 있듯이 이참에 마음을 다 내려놓고 심호흡도 한 번 하면서 '까이꺼, 인생 뭐 별거겠어?' 하는 배짱을 가져 봐. 언젠가는 너도 나처럼 별거 아니었는데 그때는 왜 그렇게 힘들어 했을까 하며 서른 시절을 추억 삼아 얘기할 날이 올 거야. 그러니 걱정은 걱정 인형에게 줘버려 내가 걱정 인형 하나 사줄게. 그냥 큰소리로 외쳐봐.

"나의 미래야! 올 테면 와라, 내가 맞서 싸워줄 테니!"

나 정말 결혼할 수 있을까

열심히 공부하고, 열심히 일하고 나면 자연스럽게

좋은 남자 만나서 결혼할 줄 알았어.

그런데 어쩌다 보니 나이만 먹고, 연애도 쉽지가 않아.

소개팅도 서른여덟, 서른아홉만 들어와.

많은 걸 바라는 게 아닌데, 왜 이렇게 된 거지?

이러다 시집도 못 가고 나이만 먹는 건 아닐까?

아 짜증, 나 정말 결혼할 수 있을까?

요즘 정말 힘들지? 요즘처럼 혼란한 시대를 네가 살고 있으니 얼마나 힘들고 피곤하겠니. 요즘을 '연애 불능 시대', '결혼 파업 시대'라고 하는 것도 어쩌면 당연한 거야. 너는 사랑에 대해 제대로 배운 적 없으니 연애는 서툴고, 직장 생활은 이제 신물이 나서 에이, 결혼이나 해버릴까 싶지만, 결혼이 어디 마음대로 되느냐고. 결혼은 둘째 치고 연애라도 제대로 해보고 싶은데 그것 마저도 쉽지 않잖아. 아무리 둘러 봐도 괜찮은 남자는 보이지 않으니 얼마나 막막해.

그런데 참 이상하지? 네가 결혼할 마음이 없었을 때는 괜찮은 남자들이 많았는데 막상 결혼하려고 보니까 괜찮은 남자들이 다 어디로 갔는지 없어. 이런 걸 두고 '개똥도 약에 쓸려면 없다'고 하는 건가 봐. 참, 웃기지? 결혼 세계에도 이런 속담이 통한다는 게 말이야. 결혼이라는 게 원래 그런 거야. 네가 만난 사람 중 제일 좋은 사람과 하는 게 아니라 결혼하려고 마음먹은 시기에 만난 사람과 하게 되는 거지. 그래서 결혼은 타이밍이라는 말이 나온 거야.

열심히 공부해서 좋은 대학 나오고 좋은 직장 들어가 커리어 쌓으면 어느 날 근사한 남자가 나타나 "저와 결혼해주시겠습니까?" 하면서 다가올 줄 알았는데 오 마이 갓! 결혼하고 싶어서 남자를 찾아보는 데도 괜찮은 남자는 없으니 속았다 싶을 거야. 열심히 하면 된다는 신념으로 지금까지 살아왔으니까. "내 인생이 왜 이렇게 된 거지?" 하고 자신에게 물어보지만 돌아오는 건 한숨과 초라함 뿐. 열심히 공부하고 일한 죄밖에 없는데 나보고 어쩌라는 거냐고 어디다 대고 고함이라도 쳐 봤으면 속이라도 시원하겠다 싶겠지. 게다가 나이에 대한 압박감도 날이 갈수록 더하니 얼마나 힘들어.

그러고 보면 내가 젊었을 때는 그나마 연애하고 결혼하기가 쉬웠던 것 같아. 예전 남자들은 마음에 드는 여자가 나타나면 물불 안 가리고 덤벼드는 순정남들이었거든. 그 시절 남자들은 '열 번 찍어 안 넘어가는 나무 없다'는 말의 신봉자들이었어. 그만큼 자신감과 열정이 있었으니까. 잘 안 넘어갈 것 같아도 집요하게 자꾸 찍어서 넘어가게 하는 거야. 정말 멋지지 않니? 남자답고. 나도 그 시절의 전형적인 순정남에게 제대로 찍혀서 스물셋이라는 나이에 결혼했지. 찍힌 게 아니라 외모가 출중해 뽑혀간 거라고 가끔 우기기도 하지만. 하하. 그런데 요즘 남자들은 어때? 열 번 찍기는커녕 한 번을 제대로 찍지 않잖아. 썸녀가 생겨도 이 여자가 과연 내게 넘어올까? 안 넘어올까? 를 재지. 여자 눈치 보며 슬쩍 간보다가 별 반응이 없으면 '어이쿠, 이게 아닌가 봐' 하고 바로 꽁무니를 빼. 자기들도 상처받기 싫으니까. 설사 여자가 넘어왔다고 해도 또 재지. 이 여자를 본격적으로 사귀어야 하나? 말아야 하나? 간보다가 더 예쁜 여자 생기면 그쪽으로 방향을 틀어. 참 깃털처럼 가벼운 요즘 남자들!

한창 유행하던 '썸'이라는 노래를 들어 보면 요즘 시대상을 바로 알 수 있지. 여자가 불러야 할 법한 부분을 남자가 불러. '피곤하게 힘 빼지 말고 어서 말해줘. 사랑한단 말이야!' 사랑한다면서 왜 여자가 말해주길 기다리는 거야? 남자가 멋지게 고백하면 되지. 막상 여자가 고백해도 그래. 그 여자에게 묶여 꼼짝 못 할까 봐 두려워서 슬슬 뒷걸음질 치잖아. 으이구! 배짱도 없고 용기도 없는 불쌍한 중생들. 그러니 여자들이 소개팅으로 남자 만나는 걸 겁내지. 희망 고문당할까 봐. 만나는 순간에는 다음에 만나면 뭐하자, 뭐하자며 착각하게 해놓고선 막상 연락은 안 해. 이러면 여자들은 '어? 이상하다. 연락 올 줄 알았는데!' 하며 다음날까지 휴대전화를 만지작거리다 저녁 쯤 돼서야 지쳐 떨어지지. 아, 이 자식도 아니네 하며.

힘들고 안타까운 건 나도 마찬가지야. 여자는 결혼해서 애 낳고 살림하는 게 당연하다고 생각하던 시절, 그게 다인 줄 알고 살았던 게 억울해서 너는 엄마처럼 살지 말아라 하며 악착같이 공부시키고 유학시켰지. 그런데 막상 결혼시키려고 보니 괜찮은 남자는 다 어린 것들이 채가고 없어. "결혼은 나중에 해도 돼. 너 하고 싶은 일 하면서 살아"라며 키운 게 잘못된 건가? "여자는 더도 말고 일찍 남편감 만나 결혼하는 게 행복이야" 하는 옛 어른들의 말이 맞는 건가? 헷갈려. 지금이라도 늦지 않았으니 결혼시켜야지 싶어서 동아줄인지 썩은 새끼줄인지 따져보지도 않고 줄을 대보면 사람은 다른데 똑같은 질문이 돌아오지.

"나이가 몇 살이지?"

나이보다 어떤 여자인지가 더 중요한 거 아닌가? 따라오는 뒷말도 또 똑같아. “여자가 서른 넘었으면 나이가 너무 많아, 애는 서른 전에 낳는 게 좋은데” 하며 나이를 흠잡아. 마흔도 아니고 겨우 서른을 넘겼을 뿐인데. 요즘 초혼 평균 연령이 여자 서른 살이라는 걸 잘 모르시나? 평균 결혼 연령이 높아졌음에도 불구하고 마음속의 서른은 옛날이나 지금이나 그대로니 엄마들은 답답해서 미칠 노릇이지.

그럼 어떻게 하면 너에게 딱 맞는 남자를 만나 결혼할 수 있을까? 무엇보다 너 자신을 알아야 해. ‘지피지기면 백전백승’이라는 말은 삼국지에만 있는 게 아니라 연애 삼국지에도 있어. 나 자신의 장단점을 파악해 어떤 사람이 나와 잘 어울리는지를 따져 보는 거야. 내가 어떤 것에 기분 좋게 반응하는지를 알아야 내게 맞는 사람을 놓치지 않고 골라낼 수 있지. 백화점에 옷을 사러 가는 것과 똑같아. 내가 몇 사

내게 맞는 사람을 놓치지 않고 골라낼 수 있지.
백화점에 옷을 사러 가는 것과 똑같아.
내가 몇 사이즈를 입는지, 색상은 뭐가 어울리는지,

이즈를 입는지, 색상은 뭐가 어울리는지, 가격대는 얼마여야 적당한지 알아야 점원의 호들갑에 넘어가서 질러버리는 실수를 하지 않잖아. 그런데 대부분 여자가 자신을 알지도 못하면서 남의 기준으로 그냥 남 보기 좋은 남자, 조건 좋은 남자를 찾아 헤매는 거 같아. 그냥 막연히 '좋은 사람', '괜찮은 사람'이 아니라 콕, 찍어서 말할 수 있어야 해.

20대 초반 때처럼 외모는 누구누구 스타일 하면서 이상형을 따질 때는 아니지. 일단 현실적으로 나를 인정하면서 따져 봐야 해. 우선 신랑감을 선택하는 데 절대 포기할 수 없는 세 가지를 적어 봐. 예를 들어 한 번 결혼하면 50년은 매일 봐야 하니까 나는 누가 뭐래도 얼굴 뜯어먹으며 살고 싶다, 라면 첫 번째는 꽃미남, 두 번째는 키 몇 센티 이상, 세 번째는 매력이 되겠지. 이때 감수해야 할 건 돈, 학벌 등은 다 버려야 하는 거야. 돈은 투 잡을 뛰던 야근을 하던 무슨 짓을 하더라도 내가 벌어야 한다는 각오를 해야 하고 학벌도 벌어서 공부시킨다는 각오를 해야 해. 세상에는 대가를 치르지 않고 그냥 얻어지는 건 없어. 얼굴 뜯어 먹고 살고 싶다면서 돈도 있어야 하고 학벌도 있어야 한다고 우긴다면 평생 혼자 살아야겠지. 눈높이가 머리 꼭대기를 넘어 하늘에 가 있는 우주인에게 맞는 지상의 남자는 없을 테니까. 포기할 수 없는 세 가지가 정해지면 다른 건 자연스럽게 필터링이 되겠지.

배우자를 선택하는 과정에는 심리학적으로 여과 이론이라는 게 있대. 자기가 생각하는 배우자는 각각의 필터를 통해 걸러져서 선택된다는 거지. 지리적으로 가깝게 있어서 서로 자주 볼 수 있고, 종교, 직업 등 다양한 측면에서 유사한 배경을 가지면 선택하게 될 확률이 아주 높아진다고 해. 그러니 하늘을 올려다보며 괜찮은 남자가 없다고 푸념만 하지 말고 현실에 발을 딱 붙이고 전. 후. 좌. 우를 살펴봐. 360도 도는 CCTV처럼. 지금은 원석이지만 다듬어서 보석으로 만들 수 있는 남자 어디 없나? 꼭꼭 숨어있는 블루칩은 없나? 엄마 크라테스가 다시 한 번 말할게. 결혼하고 싶다면? '너 자신을 알라!'

나 자신의 장단점을 파악해 어떤 사람이 나와 잘 어울리는지를 따져 보는 거야.

집이 없는 남자와 결혼하긴 싫은데

결혼하기로 했는데 남친이나 나나 모아 놓은 돈이 없어.

양가에서 도움을 받을 형편도 못되고.

신혼집을 사는 건 엄두도 못 내고 월세로 살아야 해.

내 친구들은 거의 다 집 있는 사람과 결혼해서인지

절대로 집 없는 사람과 결혼하면 안 된다고 말려.

집이 없는 게 남친의 잘못도 아닌데

결혼 못 하겠다고 할 수도 없고 고민돼.

결혼하면서 제일 골치 아픈 문제가 신혼집 문제일 거야. 전세가는 천정부지로 치솟고 물가는 비싸서 집 장만하기 요원한 게 현실이니 당연한 거겠지. 부모님의 도움을 받을 형편도 안 되고 둘이 모은 돈도 얼마 되지 않으면 결혼을 해야 하나 말아야 하나 고민이 많을 거야. '신랑은 집, 신부는 혼수'라는 공식이 아직도 유효해서 평소에 남녀평등을 외치던 남자도 막상 신혼집 하나 못 구하면 움츠러들게 되는 게 현실이지. 형편에 따라 하면 되지 마음먹었다가도 막상 집을 구하려고 하면 조금 더 넓고 좋은 집에 대한 욕구를 갖게 마련이야. 그래서 결혼 조건 1순위가 집 있는 남자라는 말이 나오는 거겠지. 하지만 본인이 벌어서 신혼집을 마련하는 사람은 과연 몇 명이나 될까?

우리 부부는 신혼집을 연립주택 전세로 시작했어. 결혼 전 남편은 작은 시민 아파트에서 홀어머니와 두 동생과 함께 살았는데 결혼하면서 방 세 칸짜리 집으로 옮긴 거야. 두 사람이 가진 돈을 보태서 집을 마련하고 보니 전세였지만 내 집같이 좋더라. 그러다 결혼 5년 만에 26평 아파트를 청약하고 나니 얼마나 좋던지! 남편과 시간 날 때마다 입주할 아파트 공사장에 찾아가 하루가 다르게 높게 올라가는 아파트를 바라볼 때면 우리의 꿈도 쑥쑥 자라는 것 같았어. 우리 부부가 착실하게 일하고 모아서 마련한 집 이어서 더 애틋하고 소중했지. 그렇게 30평, 40평 아파트를 늘려가며 알게 되었어. 내 땀 흘리면서 벌고 모은 돈이라야 귀중한 법이라는 것을.

지금도 남편과 가끔 처음 내 집을 장만하고 입주하던 때의 감동을 얘기할 때가 있어. 어려움을 함께 헤쳐오고, 뭔가를 함께 이루었던 경험들이 모여 우

집이 준비된 남자를 찾기보다 집은 없지만,
생활력이 있는 남자 만나 같이 벌어서 하고 싶은 거 하며 살아.
내 노력으로 얻어지는 게 가장 값진 거라는 걸 어느 정도 세월이 흐르면
그때 확실하게 알게 될 거야.

리 부부만의 동지애로 더욱 단단해진 거 같아. 이 정도면 우리 참 잘 살아오지 않았냐고 서로의 얼굴을 마주 보며 웃기도 해. 만약 신혼 때부터 부모님의 도움을 받아 넉넉하게 시작했다면 아마 이처럼 서로 애틋한 감정을 갖진 못했을 거야. 지금은 내가 이렇게 아무리 말해도 에이, 뭐야? 요즘 세상에 부모님 도움 안 받고 어떻게 살아? 할지 모르지만 좀 더 나이 들어보면 알 게 될 거야. 그 말이 정말 맞는 말이었구나 하는걸. 너와 우리 세대는 조금 다른 시대를 살고 있지만 사람의 마음이라는 건 다 똑같으니까.

난 사람들을 불행하게 만드는 가장 큰 원인이 물질에 있다고 생각해. 엄밀히 따지면 물질이 아니라 그 물질을 다루는 사람의 욕망 때문이지만. 어쨌든 물질 때문에 싸움이 나고 물질 때문에 사람이 죽기도 하잖아. 남들이 좋은 신혼집을 마련해 결혼하는 걸 부러워하지 마. 집이 준비된 남자를 찾기보다 집은 없지만, 생활력이 있는 남자 만나 같이 벌어서 하고 싶은 거 하며 살아. 내 노력으로 얻어지는 게 가장 값진 거라는 걸 어느 정도 세월이 흐르면 그때 확

실하게 알게 될 거야. 좋은 집에서 신혼살림을 시작한다면 조금 편할 수는 있겠지만 아무리 편하면 뭘 해? 잠깐 행복해 보일지는 몰라도 끝까지 행복을 보장해주지 않는다는 걸 나는 너무나 많이 봤어. 부모님 유산 물려받아 떵떵거리며 시작한 내 친구들은 지금 거의 다 잘 살지 못해. 스스로 뭘 이뤄본 적 없으니 별로 노력하지 않았고, 부모님이 물려주신 거니까 귀한 줄 모르고 펑펑 쓰다 보니 유지도 못 한 거야. 반면, 신혼 때부터 작게 시작해서 스스로의 힘으로 조금씩 돈을 모아가며 살아온 친구들은 지금 거의 다 잘 살아. 스스로 꾸준히 노력해본 사람은 그 노력의 결실이 어떤 기쁨을 주는 것인지 알기에 허황된 것에 마음 흔들리지 않고 늘 노력했기 때문이야. 인생이 역전되는 건 잠깐이더라.

사랑만 있다면 두 사람이 잘 조율해서 원룸이나 오피스텔에서부터 시작하는 것도 가치 있는 일이라고 생각해. 남의 시선 의식해서 번듯한 곳에 집을 마련하려고 하면 힘들어져. 남의 눈치 안 보고 부모님의 도움 받지 않았으니 얼마나 떳떳해. 세상에는 대가를 치르지 않고 되는 일이 없고, 더더구나 공짜는 없는 법이야. 작은 월세 집에서 신혼을 시작한다고 초라해 하지도 말고 두려워하지도 마. 그 누구의 도움 없이 내 걸음으로, 내 팔 내가 흔들며 위풍당당하게 걸어가는데 얼마나 당당해! 집 없이 시작하면 결혼 생활 고달프다고 말하는 주위 사람들의 말 믿지 마. 집이 있는 것과 없는 것이 행복의 기준은 아니잖아. 두 사람이 얼마나 마음 맞춰 사느냐가 문제지. 집이 있는 남자와 결혼해야 한다는 말. "난 반댈세!"

그냥 확 임신해 버릴까

아직 결혼할 준비는 안 됐는데 자꾸 나이만 먹어가고.

아이라도 빨리 낳아서 키웠으면 좋겠어.

내 친구도 혼전 임신해서 결혼했는데 잘살고 있어.

시댁에서도 별로 흠잡지 않는 것 같고.

혼전에 아기를 갖는 건 혼수라는데

그냥 확 임신해 버릴까?

세상이 정말 많이 변했어. 요즘 세상에 혼전 성관계 운운하면 꾸리꾸리 냄새나는 뒷방 늙은이 취급받기에 십상이지. 남자와 키스만 해도 결혼해야 하는 걸로 알았던 구세대인 난 미혼의 커플들이 해외여행 다녀온 사진을 아무런 거리낌 없이 인터넷에 올린 걸 보면 참 깜찍하다는 생각이 들곤 해. 연예인들도 아예 대놓고 속도위반 사실을 당당하게 공개하는 세상이니 혼전임신이 더 이상 흠도, 숨길 일도 아니긴 해. 만혼으로 인한 출산의 부담이나 난임, 불임 부부가 늘어나는 현실에서 혼전 임신을 혼수쯤으로 생각하는 것도 자연스러운 일이지. 이런 분위기 때문인지 혼전임신 얘기를 담은 드라마들이 안방극장의 단골 소재가 됐어. 〈풍문으로 들었소〉, 〈장밋빛 연인들〉 등 혼전 임신을 다룬 드라마가 공중파에서 아무렇지도 않게 다루어지는 걸 보면서 왠지 찜찜한 생각은 들어. 혼전임신이 죄이거나 흠은 아니지만, 청소년들은 이런 드라마를 보면서 무슨 생각을 할까.

나는 혼전임신은 절대 반대야. 준비도 하지 않은 채 느닷없이 임신하는 건 살 집 없이 결혼하는 거나 마찬가지라고 생각해. 결혼 준비도 채 안 됐는데 임신을 해서 결혼을 서두르게 되었다는 커플들을 가끔 보는 데 좀 안쓰러워. 특히 결혼할 생각도 없는데 아기가 생겨서 부득이 결혼하는 경우라면 더더욱 안 되지. 임신이 혼수가 될지는 몰라도 축복은 되지 못할 거야. 한 생명을 잉태하고 낳는 경험은 모든 이의 축복을 받아 마땅한 아주 소중한 일이지. 그런데 혼전 임신을 하면 가족에게나 알리고 주변 사람들에게 당당하게 밝히지 못하는 분위기일 테니 태교에 별로 좋을 것 같지가 않아. 축복 속에 해야 할 임신이 축복은 커녕 근심이나 우울한 감정으로부터 시작된다면 배 속의 아기가 과연 건강하게 자랄 수 있을까?

그런데 요즘 미혼 커플의 30%가 임신한 채로 결혼 한다는 조사 결과를 보면 정말 놀라워. 어쩔 수 없는 상황이 아니라면 몸과 마음이 안정된 가운데 부모가 될 수 있는 마음의 준비와 자격이 되었을 때 아이를 가져야 해. 오랫동안 준비해서 임신하고 출산을 경험했던 부모도 한 생명을 길러낸다는 것은 결코 쉬운 일이 아니야. 더구나 혼전 임신을 하면 아기에게도 좋지 않은 영향을 미칠 수 있고, 결혼 준비하는데도 많은 제약이 따르지. 드레스를 선택하거나 웨딩 촬영은 물론 신혼 여행지를 선택하는데도 어려움이 있게 돼. 또 신혼 생활도 마음껏 누리지 못하고 바로 출산과 육아에 들어가게 되니까 우울해지기도 쉬워서 아이로 인해 싸울 일도 많이 생기게 되고.

나는 가끔 결혼 준비 학교나 부모 준비 학교가 있었으면 좋겠다는 생각을 해. 결혼이 무언지 어떻게 살아야 하는지도 모른 채 결혼하고, 준비 없이 부모가 된다는 게 너무 안타까워서. 부부가 된다는 건 동시에 부모가 된다는 의미인데 제대로 된 준비 없이

준비 없이 자식을 낳는 것은 온전한 부모로서 해야 할
역할을 제대로 하지 못할 확률이 높아.
누구나 부모가 될 수는 있지만
누구나 좋은 부모가 되는 건 아니지.

어영부영하다 부모가 되는 거 같아. 준비 없이 자식을 낳는 것은 온전한 부모로서 해야 할 역할을 제대로 하지 못할 확률이 높아. 누구나 부모가 될 수는 있지만 누구나 좋은 부모가 되는 건 아니지. 국가가 정책적으로 예비부부나 예비부모 학교를 운영한다면 이혼율이 줄어드는 건 물론 좋은 부모가 되어서 아이를 조금 더 행복하게 키울 수 있지 않을까? 얼마 전 아들 친구가 결혼한 지 채 1년도 안 되서 이혼했다는 소식을 들었어. 혼전임신으로 인해 부랴부랴 결혼식을 올리는 것 같아서 어째 불안하다 했는데, 결국 헤어졌다는 소식을 들었지. 남의 일 같지 않고 마음이 무겁더라. 아기는 또 무슨 죄야.

이제 정말 중요한 건 혼전임신이 흠이냐 축복이냐의 문제가 아니라 계획에 따라 임신을 했느냐 아니냐의 문제인 것 같아. 임신하기 전부터 언제 낳을지, 어떻게 키워야 할지 구체적인 계획부터 태아의 성장 과정이나 출산 후 육아에 관한 책을 보면서 기초 지식을 갖추어야 아기를 건강하게 잘 키울 수 있어. 임신도 중요하지만, 육아는 더 중요해. 나는 육아 3년 동안은 꼭 엄마가 키워야 한다고 생각해. 여건상 그렇게 하기 힘든 사람도 많겠지만 어쨌거나 3년 동안은 엄마가 아이에게만 초집중해야 한다는 얘기야. 출생 후 만 3세까지의 환경과 경험이 아기에게 그대로 스펀지처럼 흡수돼 무의식 속에 저장되기 때문이야. 처음 1년간의 환경과 경험이 영유아기에 영향을 미치고 만 3세까지 형성된 두뇌, 생활 습관 등이 평생의 삶을 결정하지. 아기가 어떤 환경 속에 놓이고 엄마가 어떻게 키우느냐에 따라 아이의 인생이 결정된다는 게 얼마나 무서워. 이런 생각 없이 두 아이를 키우고 나니 그때 엄마의 역할이 얼마나 중요한 건지를 다시 깨닫게 돼. 지금 다시 아이를 키운다면 아주 잘 키울 수 있을 것 같은데 말이지.

혼전 임신을 하면 안 된다고 내가 이렇게 말해도 한 치 앞을 모르는 게 인생. 만약 내 딸이 혼전 임신을 했다면? 어쩔 수 없이 받아들이기는 하겠지만 "그래, 그래 괜찮다!" 하며 등을 두드려주지는 못할 것 같아. 자기관리를 제대로 못 한, 칠칠하지 못한 것이라고 등짝을 두어 번 후려쳐 주겠지. 그러면서 자책할지도 모르겠다. 불량 엄마로 살아온 대가를 이제야 받는구나 하면서. 그래도 막상 손주를 품에 안으면, '어이구, 제일 좋은 혼수구나!' 하려나?

연애 때도 싸우는 데
결혼하면 얼마나 더 싸울까

우리는 비슷한 데가 별로 없어. 그래서인지 자꾸 싸우게 돼.

어른들은 지는 게 이기는 거라고

하지만 이기고 지고의 문제가 아니야.

싸우는 건 너무 답답하고 힘들어.

연애 때부터 이렇게 싸우는 데 과연 결혼하고 나면

얼마나 더 싸울까? 세상에서 가장 멋진 여자로

그 앞에 있으면 좋을 텐데 내가 제일 싫어하는 여자로

자꾸 변할까 봐 두려워.

연애하면서 매일 달콤한 말만 속삭일 수 있다면 참 좋겠지? 그런데 현실적으로는 거의 불가능하지. 사소한 거로 싸우기도 하고 화해하려다 오히려 더 싸우게 되는 경우도 많으니까. 남자와 여자가 싸우는 건 서로 생각하는 게 다르기 때문이야. 미혼의 여자에게 인생에서 중요한 세 가지를 꼽으라면 결혼, 꿈, 휴식이라면 미혼의 남자에게는 결혼, 자존심, 밥이 아닐까 싶어. 그만큼 바라는 것, 추구하는 게 다르다는 얘기지. 그러니 자꾸 엇박자가 나고 싸울 수밖에.

연애 시절부터 늘 말 때문에 싸웠어. 무슨 문제가 있어서 내가 말을 하면 "알아서 할게. 신경 쓰지 마"라고 하면 끝이니 서운하기도 했고 답답하기도 했어. '신경 쓰지 말라니, 그럼 나랑 공유하고 싶지 않다는 건가? 내 의견은 별로 중요하지 않다는 거야?' 싶어 따지고 들면 마지못해 "그래, 알았어, 알았어." 하며 얼렁뚱땅 넘어가곤 했지. 그렇게 눙치는 게 또 싫어서 "뭘 알았다는 거야? 자세하게 말해봐."라고 따지면 남편은 입을 조개처럼 딱 다물어 버렸어. 남자에게 대화란 일이거나 정보가 있을 때뿐이니 여자가 이렇게 따지고 들면 머릿속이 백지장이 된다는 걸 그땐 몰랐지. 무슨 말을 해야 할지 모르니까 에이, 차라리 말을 하지 말자며 입을 딱 다물어 버리는 거거든.

극작가이자 소설가인 버나드 쇼는 "결혼이란 창문이 닫히면 잠들 수 없는 남자와 창문이 열리면 잠들 수 없는 여자와의 연합체다."라고 했어. 아, 참 명쾌하기도 하지. 이 말을 우리 부부 식으로 바꾸면 한마디로 '뜨거우면 잠 못

드는 남편과 뜨겁지 않으면 잠 못 드는 아내'의 만남이라고 할 수 있지. 매사에 남편은 차고 나는 뜨거워. 꼼꼼하고 정적인 남편과 덜렁대고 동적인 나는 마치 기차의 상행선과 하행선처럼 각자 다른 곳을 보고 달렸어. 그걸 서로 맞춰서 뜨뜻미진하게 만드는 데 30년 걸린 것 같아.

어느 강연에선가 들은 얘기가 있어. 결혼은 소와 사자가 만나 사는 거라고. 결혼 초기에 소는 사자에게 맛있는 풀을 정성을 다해 대접하고 사자는 최선을 다해 갓 잡아온 동물을 대접한대. 그게 사랑이라고 믿으며 꾹 참고 먹지만 시간이 지나고 권태기가 되면 결국 불만이 폭발해 갈등이 시작된다는 거야. 그걸 지혜롭게 극복하지 못하면 결국 이혼하게 되는 것이고. 참 적절한 비유라는 생각이 들었어. 우리 부부에게도 딱 들어맞는 얘기였지. 어린 시절을 시골에서 망아지처럼 산으로 들로 쏘다니며 컸던 소 같은 나와, 서울의 한복판에서 고깃국에 밥 말아 먹으며 유복한 생활을 했던 사자 같은 남편이 만나 결혼했으니 어느 것 하나도 맞는 게 없었지. 그러니 싸움 대부분은 뫼비우스 띠처럼 늘 똑같이 반복될 수밖에 없었어.

지나고 보니 서로가 다름을 인정하지 않았기 때문이었어. 내 방식과 같지 않으면 다른 게 아니라 틀리다고 생각하고 늘 불평불만이었으니까. 늘 똑같은 걸로 싸우지 않으려면 틀린 게 아니라 서로 다르다는 걸 인정해야 해. 남자와 여자의 생각이 다르고, 다른 환경에서 자랐고, 생각이 서로 다르니 인정하지 않으면 매일 싸울 수밖에 없어. 남자는 책임감이라는 걸 숙명적으로 갖고 태어나서 누구에게 의논하기보다 자신이 스스로 처리하려는 심리가 있어. 그래서 남자들은 뭔가를 자신에게 해주는 여자보다 자신이 해줘야 하는 여자에게 끌린다잖아. 자기 없어도 잘 먹고 잘살 것 같은 여자에게는 별로 끌리지 않는다니 남자가 자신의 존재감을 맘껏 드러낼 수 있게 믿어주고 기다려줘야 해. 괜히 오지랖 넓게 주말에 데이트할 장소며 스케줄 짜놓고 기다리다가 네 스케줄대로 안 해준다고 짜증 내지 말고. 그렇게 하지 않으면 혹시 헤어지게 될 때 "너는 나 없이도 잘 살잖아." 하는 말을 듣게 될지도 몰라.

어떤 사람은 부부가 서로 달라야 상호보완적으로 잘 산다고 하고 또 어떤 사람은 서로 닮아야 싸우지 않고 잘산다고 하는데 어떤 말이 맞을까? 답은 살아 봐야 안다야. 결혼하기 전 장점이 결혼 후에는 단점이 될 수도 있어. 결혼 전엔 친구도 많고 성격 좋아서 결혼했더니 집안일은 별로 신경 쓰지 않고 밖으로만 돌아서 속상하다는 아내들이 참 많으니까. 또 연애 때는 서로 닮은 것 같았는데 결혼하고 나니까 다르게 행동할 수도 있고, 다른 것 같았는데 서로 맞추다 보면 닮아가는 게 부부라는 거거든. 그러니까 닮고 안 닮고의 문제가 아니라 서로에 대해 얼마나 이해하고 맞추려고 하는지에 대한 의지의 문제라고 생각해. 톨스토이도 말했어. "행복한 결혼 생활에서 중요한 것은 서로 얼마나 맞는가 보다는 다른 점을 어떻게 극복해나가느냐다."라고.

남녀관계는 참 오묘한 것 같아. 비슷한 가치관을 가진 사람을 원하기도 하지만 동시에 나의 부족한 부분을 채워줄, 나랑 다른 사람을 원하기도 하지. 예를 들어서 이성적인 사람은 감성적인 사람에게 끌리고 감성적인 사람은 이성적인 사람에게 끌릴 수도 있는

데 이 부분이 자꾸 충돌을 일으키기도 켜. 처음에는 나와 달라서 좋았던 점들이 시간이 가면서 나와 같지 않으니까 이해할 수가 없는 거야. 역설적이지.

싸우는 것. 그리 나쁜 일만은 아니라고 생각해. 서로의 뾰족하고 모난 부분이 매끄러워져 가는 과정이니까. 싸워봐야 피해야 할 것, 하지 말아야 할 것들을 구분하면서 서로 맞춰가지. 연인이든 부부든 그 어떤 관계도 갈등은 있게 마련. 그 갈등을 어떤 식으로 풀어서 좋은 관계를 지속해 나가느냐가 관계의 열쇠인 것 같아. 서로 맞춰 가다 보면 다른 부분을 인정하게 되고 부족한 점을 채워주는 장점으로 변화하게 될 거야. 소와 사자처럼 만났던 우리 부부가 이제는 두 마리의 곰이 되어 뒹굴뒹굴, 둥실둥실 사는 것처럼. 단, '싸울 때는 박 터지게 싸우고 나쁜 새처럼 화해하길!'

극작가이자 소설가인 버나드 쇼는 "결혼이란 창문이 닫히면 잠들 수 없는 남자와 창문이 열리면 잠들 수 없는 여자와의 연합체다."라고 했어. 아, 참 명쾌하기도 하지. 이 말을 우리 부부 식으로 바꾸면 한마디로 '뜨거우면 잠 못 드는 남편과 뜨겁지 않으면 잠 못 드는 아내'의 만남이라고 할 수 있지.

결혼은 하지 않아도
날 닮은 아기는 낳고 싶어

결혼이란 곧 엄마가 된다는 말이기도 하지.

그런데 결혼은 하지 않아도

나를 닮은 아기는 낳아서 키워 보고 싶어.

엄마가 되는 게 어떤 건지 참 궁금해.

초등학교에서 중학교 가는 기분일까?

아니면 고등학생에서 대학생이 된 기분일까.

아무튼, 상상이 안 돼.

요즈음 골드미스들은 결혼하기는 싫지만 똑똑한 아이는 하나 키워보고 싶어 한다지? 아이 키우는 일이 그리 단순하게 생각할 일이 아닌데 너무 안일하게 생각하는 건 아닌가 싶어. 아이에게 엄마도 필요하지만, 아빠도 꼭 필요한 건데 말이야. 하긴 나도 아이를 낳기 전까지는 낳기만 하면 저절로 크는 줄 알았어. 엄마가 될 충분한 준비도 없이 결혼 3개월 만에 임신하고 보니 신혼을 즐길 틈이 없었지. 배가 서서히 불러오면서 거동이 불편해지니까 아기를 낳기만 하면 편해지겠구나 싶어 출산할 날만 기다렸어.

첫 딸을 낳던 날. 제왕절개 수술 마취에서 막 깨어나고 보니 나를 기다리고 있던 건 아기가 아니라 '통증'이었어. 바람 빠진 풍선 같은 배가 수술 후유증으로 쥐어뜯듯이 아팠지. 잠은 쏟아지는데 잠을 잘 수도 없고 젖몸살까지 나서 뭉쳐진 젖을 문질러 푸는데 이가 저절로 앙다물어지더라. 몸이 고통스러우니까 아기는 생각도 안 나고 잠이나 푹 잤으면 소원이 없겠다는 생각만 들었지. 엄마가 되는 일은 아주 고통스럽고 성가신 일이라는 생각밖에 안 들더라. 모성애가 어떻고 하는 건 다 새빨간 거짓말 같았어. 어느 책에선가 "모성은 타고나는 게 아니라 학습 때문에 후천적으로 형성되는 것인지도 모른다"라고 하더니 정말 그런 건지도 모른다는 생각이 들었지.

아기는 수술 다음 날 볼 수 있었어. 너무 작고 가벼워서 어떻게 안아야 좋을지 몰라 쩔쩔매다 겨우 안고 보니 어쩜! 송사리처럼 말갛게 실핏줄이 비치는 얼굴엔 눈썹도, 혀도, 입술도 다 있는 거야. 눈이 부신지 두 눈을 꼭 감고 있는 아기 얼굴을 만져보는데 얼마나 보드랍던지. 얼굴을 대보고, 손가락도 하나하나 만져보고, 꼬물거리는 발가락도 가랑가랑 세 보았어. 어떻게 내 배 속에서 이런 작은 생명이 나왔을까? 정말 믿어지지가 않았지. 수술로 채 아물지 않은 배를 감싸 쥐며 어정쩡한 자세로 첫 젖을 물렸어. 처음에는 젖꼭지가 낯선지 입을 요리조리 돌리면서 밀어내더니 이내 고 작은 입으로 젖을 빠는데 아, 비로소 내가 어미가 되었구나 싶었어. 엄마와 아기라는 말보다는 훨씬 본능에 가까운 '어미와 '새끼'. 생명 대 생명의 만남이었지.

아기가 배 속에 있을 때는 출산하기만 하면 편할 줄 알았어. 그래서 출산할 날을 손꼽으며 기다렸는데 아뿔싸! 차라리 배 속에 넣고 있을 때가 게 더 편했구나 싶더라. 아기가 밤새 잠을 안 자고 울어서 안고 꼬박 며칠 날밤을 새우기도 했어. 하룻밤만이라도 아기 우는 소리 듣지 않고 푹 자봤으면 소원이 없겠다는 생각이 들 정도였지. 또 잔병치레는 왜 그리 자주 하던지 이틀이 멀다 하고 병원을 들락거렸어. 아기는 낳으면 저절로 크는 줄 알았던 내가 얼마나 어이없던지. 아기는 낳는 것도 힘들지만 키우는 건 백배 더 힘들더라.

매일 몇 번씩 옷깃을 풀어 딸에게 젖을 물릴 때마다 제일 생각나는 건 엄마. 엄마 없는 결혼식을 하고, 엄마 손길 없이 딸을 낳고 보니 저절로 눈물이 나왔어. 하지만 꾹꾹 눌러 참았지. 젖이라는 매개체를 통해 길러지는 내 새끼에게 슬픔, 우울 같은 부정적인 것들이 스며들까 봐서. 엄마라는 걸 깨닫는 순간 본능적인 모성애가 발휘되고, 세상에서 가장 강한 존재로 태어난다더니 딱 그렇더라. 진통제가 필요한 순간에도 내 새끼에게 젖을 먹일 생각을 하면 참을 수 있는 게 엄마라는 존재의 힘이었지. 자식에 대한 절대적 사랑과 자기희생의 정신이 싹트기 시작했다는 의미이기도 했어. 그래서 독일의 철학자 니체가 여자에 관한 모든 것은 수수께끼지만 그 수수께끼가 자연스레 풀릴 때가 '여자가 엄마가 되는 순간'이라고 했나 봐.

아이들을 다 키우고 나서야 깨달은 거지만 아기를 낳아 키운다는 건 참 어마어마하게 무서운 일이라는 생각이 들어. 내가 어떻게 키우느냐에 따라 한 생명의 일생이 결정되는 거니까. 그걸 엄마가 되기 전에 미리 알았더라면 더 좋은 엄마가 될 수 있었을 텐데 안타까울 뿐이야. 다시 아기를 키운다면 좀 더 준비하고 공부해서 훌륭한 사람으로 키울 수 있을 것 같아. 그렇다면 손주를 키워보는 게 어떠냐고? 그건 아니, 아니, 아니 되오!

내가 엄마가 되던 순간이 그리워 오랜만에 육아 일기장을 찾아봤어. 책장 깊이 꽂혀 있던 일기장은 흐른 시간만큼의 흔적들이 그대로 스며있었지. 겉표지는 누렇게 바래고 모서리는 허옇게 헤져 있는 걸 보니 일기장이든 사람이든 세월에는 어쩔 수 없는 거구나 하는 생각이 들어. 첫 장을 펼쳐보니 딸이 태어난 직후의 발지문과 나의 손 지문이 나란히 찍혀 있었어. 나도 모르게 입꼬리가 한껏 올라가더니 혼잣말이 나오더라.

'요, 작은 발이 어느새 커서 꽃신 신고 시집 갈때가 되었네. 장하다, 내 새끼! 마음 한 자락만 두고 가!'

옆구리 쿡쿡 찔러서라도
프러포즈 받아야 하나

남친과 사귄 지 5년째. 프러포즈를 안 해서 불안 해.

오래 연애 하다 보면 자연스럽게 결혼을

생각하게 되고 프러포즈도 받는 건 줄 알았는데

나만의 착각이었나 봐. 이제나저제나 눈치 보는 것도

이젠 지쳤어. 옆구리 쿡쿡 찔러서 절 받아야 하나?

"Will you marry me?"

외국 영화에서 남자 주인공이 애인에게 고백하면서 하는 이 말. 아, 생각만 해도 로맨틱하지! '섹스 앤드 더 시티'에서는 빅이 캐리에게 블루색상의 마놀로 블라닉 웨딩슈즈를 신겨주며 프러포즈하는 장면도 있지. 이런 영화처럼 프러포즈를 받고 싶은 건 여자라면 누구나 로망 하는 일일 거야. 어느새 우리나라 결혼 문화에도 프러포즈는 꼭 해야 하는 거로 인식하게 된 것 같아. 그래서 남자들은 프러포즈를 결혼 전 꼭 해야 하는 숙제 같다고 한대. 만약 이 숙제를 안 하면 그에 대한 벌로 평생을 두고두고 원망의 소리를 감내해야 하니 그 부담은 더 클 수밖에 없지. 그런데 왜 프러포즈는 남자가 하는 것이 관례처럼 되었을까?

남자들의 프러포즈에 대한 부담감을 이용해 프러포즈 시장도 생겨났어. 리무진 프러포즈에 고급 레스토랑 프러포즈나 아이스 링크나 극장프러포즈 등 다양하지. 하지만 아무리 비싸고 화려한 프러포즈라 해도 숙제하듯 한다면 무슨 의미가 있을까? 여자들이 바라는 건 나만 바라봐주고 나만 사랑해주는 마음. 진심이 담긴 프러포즈를 원하는 건데 말이지. 영화 〈101번째 프러포즈〉에서 노총각 영섭(문성근 분)은 첼리스트 정원(김희애 분)에 공사판에 있는 너트 반지로 프러포즈하는데 기꺼이 받아 주잖아. 사랑하는 마음이 가득 담겼으니까.

사귄 지 오래된 남자친구에게서 프러포즈를 받지 못했다면 갈등이 많겠다. 남자가 연애할 때 여자는 갈망의 대상이지만 결혼하면 의무의 대상으로 바뀌니까 연애와 결혼을 따로 생각할 수도 있어. 몇 년 사귀었다는 게 결혼의 기득

권이 될 수 없다는 건 연애의 슬픈 현실이지. 원래 연애라는 게 연애일 뿐이지 꼭 결혼을 전제로 하는 건 아니지. 결혼하려면 상대방을 인생의 동반자로 느껴야 가능한데 프러포즈를 받지 못했다면 결혼하기에는 적당한 사람이 아니라는 판단 때문일지도 몰라. 가족 모임에 동행하느냐 안 하느냐, 지인의 결혼식에 같이 참석하느냐 안 하느냐에 따라 연애 상대로 생각하고 있는지 결혼 상대로 생각하는지 짐작해 볼 수도 있을 것 같아.

이제는 네 생각을 확실하게 말해서 결혼을 할 것인지 헤어질 것인지를 결정해야 한다고 생각해. 그렇지 않고 눈치만 보다가는 닭 쫓던 개 지붕 쳐다보는 격이 될지도 몰라. 몇 년 사귄 연인들이 헤어졌다는 말이 심심치 않게 들리고, 만난 지 두 어 달 만에 결혼하는 사람 얘기도 자주 들려. 예전에는 오래 사귀면 집안의 반대를 무릎 쓰고라도 결혼하는 사람들도 많았어. 무조건 책임을 져야 한다고 생각했으니까. 그런데 요즘에는 다 현실적이 된 거 같아. 연애도 이제는 아예 처음부터 결혼을 전제로 만나는 사람들이 많잖아. 결혼을 안 할 거라면 괜히 신경 쓰고 에너지 뺏기는 연애는 더는 하기 싫으니까. 그만큼 살기가 팍팍해졌다는 의미겠지. 남녀 사이는 결혼식장에 들어가기까지는 아무도 모른다는 말이 실감 나는 요즘이야. 정말 결혼할 생각이 있다면 옆구리 찔러서라도 프러포즈를 받아야겠지. 프러포즈를 꼭 받아야 하는 이유는 결혼해서 둘 사이에 힘든 일이 생길 때 프러포즈 하던 순간을 떠올려 보면서 용서하고, 화해하라고 있는 거니까.

난 남편에게 프러포즈는 물론 기념일이라고 선물을 한 번도 받아 본 적이 없었어. 그런데 결혼하고 10년 정도 된 어느 날이었지. 친구 네 명이 열흘간의 유럽 여행을 마치고 돌아오는 날. 공항으로 마중 나온 남편 손에는 네 개의 장미꽃다발이 들려져 있었어. 그야말로 깜짝 이벤트! 친구들은 남자에게 처음 받아 보는 꽃다발이라며 좋아했고, 나는 "촌스럽게, 공항에 웬 꽃다발이야."라고 했지만, 감동은 백 배였지. 평소에 무뚝뚝하고 표현에 인색하던 남편이 꽃집에 들러 꽃을 사서 들고 온 걸 생각하면 절로 웃음이 나오더라. 그날 이후 또 다른 이벤트는 없었지만, 서운한 일이 있을 때마다 그때를 생각하면 저절로 풀어지곤 했어. 프러포즈의 의미도 이런 게 아닐까? 사는 게 힘들고 우울할 때 그 순간을 잊지 말고 오래 기억하자고.

프러포즈란 원래 "나랑 결혼해 줄래?" 하면서 청혼한다는 뜻이지만 요즘 프러포즈는 결혼 결정을 하고 나서 하는 경우가 많지? 조금 달라진 방법도 좋다는 생각이 들어. 결혼식 전에 두 사람만의 오붓한 의식을 치르고 나면 힘든 일이 생길 때마다 헤쳐나갈 새로운 힘이 생길 거야. 프러포즈의 진한 감동은 손발이 오글거리는 어색함이나 화려함이 아니라 진실한 마음이란 걸, 남자들이 알기는 하려나?

좋은 신랑감의 첫째 조건은 뭘까

소개팅을 하다 보면 구멍이 한 개 씩은 꼭 있어.

돈은 많으면 직장이 별로고,

능력이 좋으면 키가 너무 작고,

성격 좋고 다 좋으면 학벌이 별로야.

조건을 까다롭게 따지는 것도 아닌데

아. 참, 사람 만나기 힘들어!

꼭 따져봐야 하는 신랑감의 첫째 조건은 뭐지?

결혼이 요즘 점점 늦어지는 이유가 뭘까? 결혼 정보회사의 조사에 따르면 1위가 '비현실적인 배우자 조건'이 꼽혔대. 결혼은 하고 싶지만, 눈이 높아서 배우자 될 사람이 눈에 안 들어온다는 얘기지. 딱 네 얘기라고 생각되지는 않니? 누구나 자기가 원하는 매력적인 사람과 결혼하고 싶어 하는 건 당연해. 그렇지만 문제는, 내가 원하는 사람과 현실의 간격이 크면 클수록 결혼할 확률은 멀어 질 수밖에 없다는 거야. 사람들은 흔히 결혼에 조건을 따지는 걸 두고 곱지 않은 시선을 보내지. 난 오히려 자신에게 맞는 조건을 따지지 않고 남들이 말하는 '좋은' 조건의 신랑감을 고르는 게 더 문제인 것 같아. 내게 맞는 조건을 꼼꼼하게 따져 봐야 남이 아닌 내게 딱 맞는 신랑감을 만날 수 있는데. 절대로 포기할 수 없는 너만의 제 1조건이 뭔지를 냉정하게 따져 봐야 해.

신랑감의 첫째 조건은 뭐니 뭐니 해도 사랑이어야 한다고 생각해. 조건이 좋은 사람에게 좋은 감정을 느낄 확률이 높긴 하지만 그가 나를 얼마나 배려하고 사랑해 주는지, 또한 나는 그를 얼마나 사랑하는가를 이성적으로 따져 봐야지. 나를 있는 그대로 인정해주고 나의 단점과 치명적인 약점까지 사랑해 주는 남자여야 해. 사랑이 있으면 아무리 어려운 시련이 닥쳐와도 견딜 수 있는 힘이 생기는 게 여자라는 존재거든.

책과 동명의 영화 〈먹고 기도하고 사랑하라〉의 리즈는 유명작가에다 맨해튼의 아파트, 능력 있고 자상한 남편이 있어. 겉으로 보기에는 모든 조건이 완벽하게 갖춰져 있는 것처럼 보이는데 그녀는 남편에게 일방적으로 이혼을 통보하지. 결혼생활이 그녀를 우울하게 만들었기 때문에. 나는 리즈가 남편과 이혼하기 위해 소송도 불사하는 걸 보면서 혹시 조건만 보고 결혼해서 삶의 균형을 잃은 건 아닐까 생각해 봤어. 결혼한 여자는 아무리 좋은 환경에 살아도 남편의 사랑이 없으면 마네킹이나 마찬가지지. 사랑 없이는 삶의 의미를 모르는 생명체이기 때문이야. 배가 균형을 이루지 못하면 뒤집히고 마는 것처럼 결혼도 일과 사랑에 균형이 맞을 때 성공적인 결혼생활이 되는 것 같아.

신랑감이 현재는 능력이 좀 모자란 듯해도 나를 사랑해주고, 내가 사랑하면서 비전이 있으면 돼. 현실감 있게 생각해 봐. 서른 전후의 남자들이란 군대 다녀오고, 대학교 졸업한 후 취직해서 신입 사원 딱지 뗄 나이잖아. 대리쯤 달았겠네. 그러니 월급을 받아도 이것저것 떼고, 카드 결제 하고 나면 남는 돈이 별로 없게 마련이지. 혹시 돈을 모았다고 해도 얼마 안 될 게 분명해. 돈이 많다면 아마도 부모님의 돈일 거야. 그렇다면 선택지는 두 가지야. 당장 돈이 없어서 불편해도 내 힘으로 떳떳하게 살 거냐? 부모님의 도움으로 편하게 살지만 그만한 대가를 지급하며 살 거냐? 신랑감의 비전을 본다면 당장 불편함을 감수하더라도 마음 편하고 당당할 것이고, 부모님의 도움을 받는다면 경제적 도움만큼 심리적으로 갚아야 할 빚이 늘어날 확률이 높다고 봐야겠지.

그럼 어떻게 하는 게 좋겠냐고? 난 처음부터 자력으로 살아갈 의지를 가져야 한다고 말하고 싶어. 작게 시작해서 크게 키워 가란 얘기야. 당장은 불편하고 힘들겠지만, 시간이 지날수록 스스로 당당해지고 뿌듯함도 느끼게 될 거야. 행복이란 것도 그냥 주어지는 게 아니라 화초 키우듯 키워가는 거거든. 사랑이 있고 거기다 심신 건강한데 못 할 게 뭐 있어? 지금은 내 말이 가슴에 와 닿지 않겠지만, 시간이 지나면 헛말이 아니었다는 걸 알게 될 거야. 인생 선배들이 한결같이 나처럼 말하는 이유가 분명 있어. 그걸 믿어 봐! 인생을 먼저 살아본 사람의 경험에서 나온

말을 하나도 틀린 말이 없거든.

일본 여자들의 1등 신랑감도 돈 많고 학벌 좋은 남자에서 '3저'로 바뀌었대. 바로 '저 리스크, 저 자세, 저 의존. 곧 많은 돈을 벌 수 있는 사업가보다 안정된 직장에 다니는 남자, 자기가 잘났다고 생각하는 콧대 높은 남자보다 아내를 위할 줄 아는 남자, 부모님께 의존하지 않고 사는 독립적인 남자가 최고의 남자라는 거지. 지금 우리나라에서도 서서히 이런 추세로 가고 있다는 생각이 들어. 요즘처럼 살기 어려운 세상에서는 자기 잘난 맛에 사는 남자보다는 아내를 배려 해주고, 겸손하며 사회적응력이 뛰어난 남자가 행복한 삶을 살아갈 수 있다는 걸 사람들이 느끼기 시작했다는 증거지. 그래서 요즘 결혼 조건이 가치관, 금전 감각, 정규직의 앞글자를 딴 '3K'라는 말이 나왔을 거야.

우선 남자를 만났을 때 '이 사람과 50년 함께 살 수 있을까?'를 꼭 자신에게 물어봐. 그렇게 묻다 보면 내가 정말 사랑할 수 있는 사람인지, 착하고 마음 따뜻한 사람인지, 대화가 통하는 사람인지를 자연스럽게 보게 될 테니까. 철학자 니체도 말했어. 결혼하고 싶다면 "나는 이 사람과 늙어서도 대화를 즐길 수 있는가?" 자신에게 물어보라고. 이혼이 유행처럼 번져가는 세태에 무슨 50년 같이 살아? 할지 모르지만, 부부가 함께 쌓아 온 추억은 다이아몬드보다 더 빛나기 때문이야. 어때? 사랑이 없다면 다 불가능한 일이겠지?

신랑감이 현재는 능력이 좀 모자란 듯해도 나를 사랑해주고, 내가 사랑하면서 비전이 있으면 돼. 현실감 있게 생각해 봐.

결혼해서 힘든 것보다
혼자 사는 게 나은 거 같애

서른이 넘으니까 친구들이 절반이나 결혼을 했어.

매주 결혼식에 참석해서 박수치다 돌아오는 길이면

그럼 다음 차례는 난 가? 나도 해야 하는 건가? 하는

마음이 들어. 그렇지만 자꾸 망설여져.

결혼해서 힘든 것보다 혼자 사는 게

더 나은 건 아닐까?

'을사오적'에만 '5적'이 있는 게 아니라 결혼에도 '5적'이 있다지? 결혼 비용에 대한 부담, 주택마련의 어려움, 고용불안, 남녀 성비 불균형, 고부 갈등 등. 이 중에 해당이 되지 않는 사람이 과연 몇 명이나 있을까? 그런데도 미혼남녀들이 연애보다 결혼을 선호하는 건 매일 함께하면서 안정적인 생활을 하고 싶기 때문일 거야. '내꺼 인 듯 내꺼 아닌 내꺼 같은' 가족도 아니고 그렇다고 남도 아닌 애매한 상태가 싫기도 할 테지. 결혼을 거부하는 여자들이 늘고 있다고는 하지만 그래도 죽을 때까지 절대 결혼을 안 하겠다는 사람은 별로 많지 않은 것 같아. 결혼해서 딸 바보, 아들 바보로 사는 친구를 볼 때나 모임이 끝날 무렵이면 남편들이 데리러 오는 걸 보면 문득 결혼하고 싶다는 생각이 들기도 할 테니까.

결혼이라는 말 속에 설렘이나 행복만 있다면 얼마나 좋을까? 그런데 현실은 결혼에 대해 잠깐 핑크빛 꿈을 꾸다가도 잔뜩 겁먹게 되지. 게다가 제일 가까이에서 보게 되는 부모님의 결혼 생활도 그리 행복해 보이지 않으면 그 두려움은 더 커져. 대부분 사람이 자신의 부모님을 통해 결혼이란 이미지를 갖게 마련이잖아. 하지만 준비 없이 결혼한 부모님 세대와는 다르게 결혼에 대해 미리 알고 준비한다면 망설임이 조금은 덜어지지 않을까?

난 결혼에 대해 아무것도 모르고 스물셋에 결혼을 했어. 결혼만 하면 남편이 나만 사랑해 줄 거니까 결혼 전보다 훨씬 행복할 거라고 생각했지. 그런데 웬걸! 막상 결혼하고 보니 나만 사랑해 줄 거라 믿었던 남편은 음식을 해 줘도 맛있다는 말 한마디 없이 먹고, 시집살이하면서 매일 동동거리며 살아도 결혼이 너를 힘들게만 할 거라고 미리 겁부터 먹지 마. 특히 여자들은 자신의 불만을 수다로 풀잖아. 좋은 건 당연하고 나쁜 것만 말하니까 당연히 좋은 얘기는 안 나오는 거야.

"고마워, 수고했어!" 하는 말 한마디 없는 거야. 도대체 나랑 왜 결혼했지? 혼자 답 없는 물음을 묻다가 어쩌다 나를 사랑하긴 하는 거냐고 물으면 "넌 X인지 된장인지 꼭 찍어 먹어봐야 아냐? 척 보면 알아야지!" 하는 말만 돌아 왔어. 나 원 참, 표현을 안 하는데 도대체 내가 그걸 어떻게 아냐고요!

그러던 어느 날 문득 깨달았어. 내가 무의식적으로 남편에게서 아버지의 모습을 기대한다는 것을. 키가 작아서 까치발로도 무언가가 손에 닿지 않을 때, 나를 번쩍 안아 손이 닿게 들어 올려 줄 아버지. 내가 원하는 건 무엇이든지 "그래, 그래"해 줄 푸근한 아버지. 흔히 결혼 전에 형성된 가족관계의 무의식이 결혼 후에 나온다더니 딱 그 거였어. 세 살 때 돌아가신 아버지의 존재감을 남편에게서 찾으려 했다니 가당키나 한 걸까? 애정 결핍인 사람들에게 나타나는 지나친 집착이었지. 그걸 깨달은 후 현실을 빨리 인정했어. 장남이 아닌데도 불구하고 장남 노릇을 해야 하는 남편을 내가 먼저 껴안자 가족은 물론 나 자신도 평화로워지더라. 아내라는 어원이 '안의 해'라고 하듯, 결혼 생활에 꼭 필요한 건 햇살 같은 아내의 사랑이더라고. 그건 아마도 여자가 아기를 잉태하고, 낳는 역할을 해야 하는 숙명을 타고났기 때문이 아닌가 싶어. 아무리 세상이 변해도 남자와 여자의 유전자만은 변할 수 없는 게 자연의 이치일 테니까.

결혼이 너를 힘들게만 할 거라고 미리 겁부터 먹지 마. 결혼에 대해 좋은 얘기보다 나쁜 얘기들이 많은 건 원래 사람들은 좋은 얘기보다 나쁜 얘기 하는 걸 즐기기 때문이지. 특히 여자들은 자신의 불만을 수다로 풀잖아. 좋은 건 당연하고 나쁜 것만 말하니까 당연히 좋은 얘기는 안 나오는 거야. 자식 때문에 산다는 말, 그 말도 난 100%로 진심은 아니라고 생각해. 사랑이 아닌 연민이라고 하더라도 뭔가 끌리는 게 있기 때문에 부부가 같이 사는 거라고 생각하니까. 겉으로 보기에는 별로 행복해 보이지 않은 부부도 다 그 부부만의 소소한 행복이 있는 법이야. 결혼해서 매일 우울하고, 매일 전쟁을 치르는 것 같다면 어른들이 과연 자식들에게 그렇게 결혼하라고 등 떠밀겠어? 결혼하려면 경제적 부담도 있고 살림과 육아에 대한 부담도 크겠지. 그렇지만 눈이 반짝반짝 빛나게 되는, 행복한 순간도 아주 많이 있어.

난 태어나서 제일 잘한 일이 결혼한 거라고 생각해. 결혼을 안 했다면 나를 제일 많이 웃게 해주는 사람을 만나지 못했을 테고, 든든한 가족을 못 만들었을 테니 안정감도 없었겠지. 기쁠 때나 슬플 때나 내 옆에 있어줄 동반자가 있다는 게 얼마나 든든한 일인데. 인생이라는 강을 혼자보다는 둘이 같이 건너가는 게 좋지 않을까. 결혼에 사랑이 꼭 필요하듯 사랑에도 결혼이 필요하다고 생각해. 매일 반복되는 지루한 일상 속에서도 서로 사랑하는 법을 하나씩 터득해 가는 과정이 결혼이야. 저절로 행복하게 해주는 제도가 아니라 스스로 행복을 만들어 가는 거라는 것. 세상에서 가장 아름다운 결속이지!

좀 더 나이 들어 결혼하면 안 될까

엄마가 예전에는 돈 벌 거 다 벌고 하고 싶은 거 다 하고

시집가라고 하더니, 왜 이젠 빨리 결혼하라고 성화야.

만나는 사람마다 혼기 놓치면 어떻게 하느냐고 하기도 하고.

요즘 세상에 혼기라는 게 꼭 있는 거야?

왜 그렇게 등 떠미는지 모르겠어.

쉰 넘은 여자도 결혼하던데.

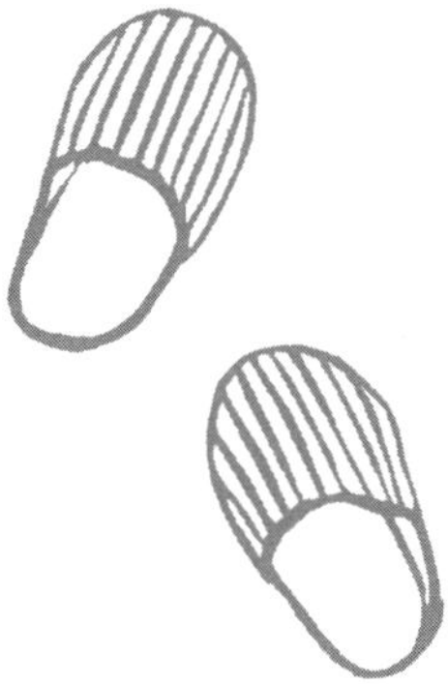

'봄날 간다 결혼해 ○○'

어느 결혼 정보회사의 광고 문구야. 이 광고를 붙인 버스가 내 앞을 휙 지나갔어. 마침 내가 서 있는 버스 정류장 앞에는 벚꽃이 난분분 지고 있었지. 버스는 지나갔지만 '봄날' '결혼'이라는 단어가 오래 내 머릿속에 남았어. 결혼하고 싶은 여자들이 이 광고를 봤다면 얼마나 우울할까 싶더라. 결혼이 상품화 되어서 결혼시장이라는 말이 생기고, 빨리 결혼하라고 등 떠미는 시대. 봄빛이 환할수록, 벚꽃이 아름다울수록 싱글녀들의 우울은 더 깊어질 수밖에 없을 거야.

'봄날'과 '결혼'을 연결해 놓은 긴 청춘이라는 봄날이 가기 전에 빨리 결혼하라는 말이겠지. 하지만 봄날이란 게 과연 청춘의 전유물일까? 내게 봄날이 언제였나를 생각해보면 청춘일 때는 아니었던 것 같아. 내가 청춘이었을 때, 나는 '내 마음 갈 곳을 잃어' 방황하는 늦가을이었어. 오히려 그 암담하던 시절을 견디면서 건너온 지금이 봄날이지. 그런데 많은 여자가 봄날 간다고 주위에서 재촉하니까 떠밀려서 결혼이라는 바다에 빠져 허우적거리는 것 같아. 결혼은 스스로 결정하고 준비해야 해. 그렇지 않으면 깊이도 알 수 없고 수온도 알 수 없는 결혼이라는 바다가 너를 그냥 삼켜 버릴지도 몰라.

싱글녀들이 두 명 이상 만나면 서로의 안부대신 연애의 안부만 묻지. 결혼을 하던 로맨스만 꿈꾸든, 어쨌든 남자는 필요하니까.

"그 자식이랑 어떻게 됐어?"

"걔랑 결혼하는 남자는 뭐하는 남자래?"

"난 어떤 남자 만나 결혼하게 될까?"

"어우, 어디 가서 남자를 만나지?"

그러다가 헤어질 즈음에는 누가 먼저랄 것도 없이 긴 한숨을 쉬며 한마디씩 하지. "아, 나이 한 살이라도 더 먹기 전에 결혼해야 하는데!" 난 이런 말을 들을 때 궁금해져. 나이 어릴 때 결혼해야 좋은 남자 만난다는 공식은 누가 정한 거야? 그럼 어릴 때 결혼한 여자들은 다 행복한가? 결혼의 목표가 행복이어야 하는데 아무래도 나이로 바뀐 것 같아.

너는 나이에 연연해 하지 말고 너만의 길을 가길 바라. '코 힘을 힝힝 뒷다리 힘차게 차고 달리는' 코뿔소처럼 말이야. 남들이 다 하는데 나도 빨리 결혼해야 하지 않을까 조급해하지도 말고. 나만 안 하면 뒤처지는 것 같아서, 부모님의 간절한 열망에 따라 멋모르고 결혼할 수는 없는 거잖아. 같은 봄꽃도 한꺼번에 피는 게 아니라 피는 순간이 조금씩 다르듯이 같은 나이라도 결혼할 때가 따로 있어. 사람들이 정해 놓은 시간 속으로 너를 밀어 넣은 건 봄꽃만 꽃이라고 우기는 거나 마찬가지야. 여름에도 가을에도, 한겨울 온실 속에서도 꽃은 피고 지잖아. 타인의 잣대에 맞추어 등 떠밀려 가는 결혼. 결코 행복할 수 없다고 생각해.

지난해 평균 초혼 연령이 남자는 32세, 여자는 30세래. 이건 물리적 나이에 불과해. 진정한 결혼 적령기란 물리적인 나이가 아니라 마음의 나이가 아닐까 싫어. 이 남자와 살면 정말 나답게 살 수 있겠다거나 이 남자라면 평생 행복할 수밖에 없겠다는 마음이 들 때, 그때가 바로 결혼 적령기지. 사람들이 정해 놓은 결혼 적령기가 지나기 전에 해야 한다는 압박감에 밀리면 밀리는 순간 불행 시작이라는 걸 기억해. 나이에 밀려 엉겁결에 결혼한 여자들은 무기력증에 빠지거나 주부 우울증에 걸린 경우를 가끔 보게 돼. 반면 자신이 원하는 남자에 대해 정확하게 알고 결혼하는 여자들이 결혼 후 행복도가 높지. 이건 내 생각만이 아니라 행복도 조사에서 다 나온 결과야.

지금부터 너만의 결혼 적령기 기준을 확실하게 정해 놔. 결혼해서도 외롭다는 불편한 진실 앞에서도 당당하게 맞설 수 있을 때, 나이가 몇 살이든 내가 진정으로 결혼에 대해 절실해졌을 때가 결혼 적령기라는 것을. 네가 정말 괜찮은 남자 만날 만한 괜찮은 여자라면 나이가 몇 살이든지 경쟁력은 있어. 결혼하라고 등 떠미는 사람들의 뻔 한 질문에 답하기 짜증 난다면 우아하게 딱 한마디만 날려 주면 돼. "그.러.게.요!" 우리, 조용히 연습해 볼까?

"올해도 시집 못가면 어떻게 할래?"
"그.러.게.요."
"더 나이 들기 전에 결혼해야지?"
"그.러.게.요."
"혼기 놓치면 어떡하려고 그래?"
"그.러.게.요."

이 남자와 잘될까, 언제쯤 결혼할까

참새 방앗간 그냥 못 지나가듯 점집이 보이면

나도 모르게 그곳으로 발걸음을 옮기게 돼.

소개팅으로 만난 남자와 잘될까?

난 언제쯤 결혼하게 될까? 궁금해서.

점괘가 좋게 나올 때는 기분이 좋지만

안 좋게 나올 때는 괜히 신경 쓰여.

기운도 쭉 빠지는 거 같고. 그래도 자꾸 점집에 가는 나,

한심한가?

딸의 결혼 날짜를 잡으러 철학관에 다녀왔어. 종교가 없다 보니 이왕이면 다홍치마라는 생각에서였지. 자식에게는 뭐든지 좋은 것만 주고 싶은 마음이 자식이 커서도 변함없는 게 엄마 마음이라는 건 가봐. 역술가가 딸과 예비사위의 사주를 보며 좋은 날 몇 개를 잡아 주는데 둘 다 사주가 아주 좋게 나와서 얼마나 기분이 좋았는지 몰라. 점 보는 심리 중에 자신에게 후한 점수를 주는 레이크 워비곤 효과라는 게 있다니니 예비 사위에게 더 많은 점수를 주면서 복채를 아깝지 않게 내고 왔지.

점이나 사주에 관심이 없는 사람이 과연 몇 명이나 될까? 에이, 그걸 누가 믿어? 하면서도 궁금해하는 게 사람 심리지. 내가 어떤 사람으로 태어난 건지 도대체 모르겠고 미래는 깜깜하기만 한데 누군가가 콕 찍어 짚어주는 맛! 너는 이런 사람으로 태어났다거나 앞으로 이렇게 될 거라는 말을 들으면 얼마나 속이 시원해. 이 맛 때문에 한 번 경험해본 사람은 자꾸 점을 보게 되는 것 같아. 특히 점쟁이의 예언이 딱 들어맞았을 때 정말 용한 점쟁이라고 100% 신뢰하게 되지. 따지고 보면 사람들의 심리가 못 맞춘 거 보다는 맞춘 거, 안 좋은 말보다 듣기 좋은 말만 기억하게 마련이니 점이 잘 맞았다고 느낄 수밖에 없을 거야.

나도 가끔은 점을 보러 가곤 했었어. 그런데 어느 순간부터 점점 반은 맞고 반은 틀리는 뻔 한 걸 왜보나 싶은 게 시들해지더라고. 복채가 나가는 것도 아까운 생각이 들더라. 그때부터 점에 대한 내 나름의 기준이 생겼어. 어떤 결정을 해야 하는데 정확하게 반 반일 때만 점을 보는 거로. 그렇게 하면 결정하기가 좀 더 수월해지는 것 같아. 팽팽하게 줄다리기 하던 생각들이 51대 49로 나뉘니까 막혔던 길이 뻥 뚫리는 느낌이 든 달까? 포기할 건 빨리 포기하고 인정할 건 빨리 인정하게 되는 것 같아.

예전에는 점집들이 뭔가 어둡고 은밀한 곳에 있었는데 요즘 점집들이 번화가로 나왔어. 그래서일까? 나이 든 사람들의 전유물 같았던 점집이 이제는 젊은 세대들에게도 각광을 받는 것 같아. 사주 카페는 물론 타로점 집까지 생겨서 길을 가다가도 쑥 들어가 물어보고, 카페에 앉아서 차 마시다가도 슬쩍 사주를 물어보기도 하잖아. 그만큼 요즘 젊은 사람들도 이럴까 저럴까 선택의 고민에 빠져 있으니까 어디 희망의 작은 끈 하나라도 붙들어보려는 마음이 생겨서 일 거야. 연말연시를 빼고 평소에 점집에서 가장 많이 물어보는 게 '연애사'래. "내가 결혼 운이 있나요?", "언제 인연을 만날까요?", "이 사람과 결혼해도 될까요?" 그만큼 갈수록 연애가 힘들어지고, 실패하는 사람들이 많다는 얘기겠지. 너도 그중에 한 사람일 테고.

점을 보는 게 그리 나쁘다고는 생각하지 않아. 점쟁이 말을 꼭 믿어서가 아니라 '이러다 미쳐 내가 여리여리 착하던 내가 너 때문에 돌아'처럼 절박한 심정일 때 속마음을 말로 풀어내는 것만으로도 위안이 될 때가 있잖아. 그게 병원이 아니라 점집이라고 해서 나쁠 것은 없다고 봐. 누구에게도 말할 수 없고, 미칠 것 같은 순간의 감정을 내려 줄 수만 있다면 그게 어디든 무슨 대수야. 그래도 사람의 마음속에는 자신이 믿고 싶은 것만 믿고 기억하고 싶은 것만 기억하는 심리가 있으니 달면 삼키고 쓰면 뱉어 버리면 그만이지. 믿는 것도 내 마음, 안 믿는 것도 내 마음이니 결국 모든 결정과 선택은 자신의 마음에 있어.

얼마 전 JTBC 〈이영돈 PD가 간다〉에서 한국의 10대 점술가를 선정하는 프로그램을 방송한 적이 있었어. 전국의 점술가와 무속인에게 유영철의 사주를 갖다 주고 검증하는 거였는데 전국을 돌며 검증한 결과 1차로 6명밖에 가려내고 못했고, 2차 검증에서도 2명만 통과했지. 결과적으로 점은 재미로는 볼 수 있을지언정 완전히 믿어서는 안 된다는 교훈을 방방곡곡에 알리는 역할을 해 주었어. 점은 일기예보 같은 거라고 생각해. 비가 안 온다고 했는데 올 수 도 있고 온다고 했는데 안 올 수도 있는 것처럼 가봐야 알게 되는 거니까.

내 나이쯤 되면 반 점쟁이가 되는 것 같아. 얼굴만 봐도 그 사람이 어떤 사람인지, 어떻게 살아왔는지가 나이테처럼 훤히 보이는 것 같으니까. 사람은 젊었을 때부터 생각과 습관, 행동 등이 자신도 모르는 사이에 몸 전체에 냄새처럼 배게 되지. 그래서 좋은 생각을 하고 마음을 정갈하게 한 사람들이 인상도 좋은 건 가봐. 관상가들이 한결같이 말하는 것도 사주 보다는 관상이고 관상보다는 심상이라고 하는 것도 그런 의미일 거야. 한 사람의 행복과 불행을 결정짓는

것은 운명이라기보다 자기 자신의 마음에 따라 달라진다는 말이지. 곧 좋은 관상도 사람의 마음에서 나온다는 거야. 어서 빨리 좋은 남자 만나 결혼하고 싶다면 점을 보는 것보다 부지런히 심상을 일깨워 봐. 복채도 안 들고 더 효과적이지 않을까?

점에 대한 내 나름의 기준이 생겼어. 어떤 결정을 해야 하는데
정확하게 반 반일 때만 점을 보는 거로. 그렇게 하면 결정하기가
좀 더 수월해지는 것 같아. 팽팽하게 줄다리기 하던 생각들이 51대 49로 나뉘니까
막혔던 길이 뻥 뚫리는 느낌이 든 달까? 포기할 건 빨리 포기하고
인정할 건 빨리 인정하게 되는 것 같아.

엄마의 잔소리, 왜 그러는 거야?

엄마 등쌀에 미치겠어. 주말에 늦잠 좀 자려고 하면
아침 일찍부터 깨우고 폭풍 잔소리야.
"방이 이게 뭐냐? 다른 애들은 데이트하러 나가는데
왜 주말에 잠만 자냐? 나가서 친구라도 만나라."
그 말이 듣기 싫어서 짜증을 잔뜩 내면
그럼 빨리 시집이나 가라고 소리쳐.
누군 시집 안 가고 싶어 이러나?
에이, 엄마 잔소리 정말 지겨워!

언젠가 러시아의 어머니 인형 '마트로시카'를 본 적이 있어. 검은 눈썹에 빨간 볼을 가진 통통한 인형을 돌려서 열면 그 안에 작은어머니, 작은어머니 속에 또 더 작은어머니, 또, 또, 또…. 한 개의 인형 안에 무려 일곱 개가 들어 있었지. 이 인형이 다산과 풍요의 상징이라지만 난 그 인형을 보면서 여자라는 이름의 숙명적인 모녀 관계가 떠올랐어. 어머니라는 몸에서 나온 딸이 어머니가 되고, 그 어머니가 또 딸을 낳고, 그 딸이 다시 어머니가 되는 몸과 몸의 끝없는 윤회. 그래서 딸은 엄마를 닮고, '그 엄마에 그 딸'이라는 말이 생겨났나 봐.

내 또래의 엄마들과 얘기를 나누다 보면 한결같이 하는 말이 딸이 자신을 그대로 닮았더라는 거야. 그런데 좋은 것만 닮았으면 좋겠는데 자신이 싫어하는 모습까지 닮은 걸 볼 때는 여지없이 잔소리가 나온 대. 특히 딸에게 제일 많이 하는 잔소리는 "방 좀 치우고 살아라."라는 말. 딸의 방에 들어가 보면 옷 무덤에다 정리 안 된 잡동사니는 뭐 그리 많은지 속이 확 뒤집어져서 이게 방이냐? 돼지우리냐? 좀 치우고 살라며 폭풍 잔소리가 나온다는 거야. 그러다 마지막에는 꼭 "으이구, 웬수야! 얼른 시집이나 가라."며 종주먹을 갖다 대게 된다는 거였지. 다들 "맞아, 맞아" 하며 공감의 박수를 치는데 나도 따라 크게 박수를 쳤어. 근데, 시집가는 거랑 방 정리 안 하는 거랑 무슨 상관이람! 하하.

중년 엄마들의 잔소리 대상은 역시 혼기 꽉 찬 딸인 것 같아. 마치 밖으로 내가야 할 장롱 하나가 거실 한가운데 떡하니 버티고 있는 것처럼 '답답' 그 자체지. 뭔가 얘기를 좀 해보고 싶어서 말을 꺼내면 '또 잔소리야?' 하는 눈빛으로 바라보니 말을 꺼내기도 어려워. 어쩌다 한마디 물어보면 "응!", "아니!"

단답형으로만 대답하니 속에서 열불이 확 올라오지. 그뿐인가. 주말에는 좀 일찍 일어나서 운동도 하고 청소도 하면서 기분 좋게 보내면 얼마나 좋아? 온종일 방구석에서 꼼짝 안 하고 늘어지게 잠만 자고 있으면 분노 게이지가 급상승해. "지금 몇 신 줄이나 알어? 어서 일어나!" 하며 이불을 걷어 젖히지. 그럼 딸은 "나 좀 제발 내버려 둬!" 하며 악을 써대고. 세상에서 가장 아름다운 관계가 가장 힘든 관계로 변하는 순간이야. 아, 적과의 동침이 따로 없지!

너도 힘들긴 마찬가지일 거야. 엄마의 잔소리는 끝도 없이 이어져 한 소리 또 듣고, 뻔한 소리 또 듣고, 알고 있는 소리 재차 또 반복해서 듣다 보니까 좋은 소리가 나올 리 없지. "엄마, 됐어. 제발 그만해!" 하면서도 아차! 싶어. 다른 사람한테는 상냥하게 굴면서도 유독 엄마한테는 왜 이렇게 못되게 굴까? 왜 난 엄마에게 상처만 주지? 마음은 그게 아닌데 싶어 급 반성모드가 되지. 그렇다고 너무 서글퍼하지는 마. 엄마가 되기 전에는 절대 모르는 게 엄마 마음이라는 거니까 괜찮아. 엄마가 되어 보지 않은 네가 그러는 건 당연해.

철없던 시절에 나는, 엄마란 존재는 처음부터 엄마로 태어난 줄 알았어. 엄마가 내 마음에 안 들면 꼭 "엄마가 뭐 이래?" 하며 투정만 부렸지. 세상에서 가장 만만하니까 마냥 짜증 내고, 화풀이하면서. 엄마라는 이유 하나만으로 그렇게 해도 된다고 생각했던 거야. 그때는 내가 철이 없어서 그랬다고, 엄마가 되어보니 이제야 엄마 마음 알게 되었다고 용서를 빌고 싶은데 엄마는 이미 세상에 없더라. 그때, 왜 엄마는 불사조처럼 영원히 내 곁에 있을 거라 믿었는지 몰라. 부재, 이보다 더 큰 형벌이 또 있을까?

엄마들은 딸이 풀죽어 있을 때 제일 힘들어. 딸은 자기 자신이라고 착각하며 사니까 잠결에라도 눈물 흘리지 말라고, 나보다 더 행복한 여자로 살아야 한다고 늘 기도하는 마음이지. 그런데 뭘 물어도 자세하게 얘기해 주지 않고 비에 젖은 옷가지처럼 눅진한 얼굴로 있으면 폭풍 잔소리를 하게 되는 거야. 뭘 대신해줄 수도 없는데 그걸 바라봐야 하니 답답하기만 하지. 벚꽃도 한 철인데 저러다 결혼도 못한 채 그냥 혼자 늙어 버릴까 봐 조바심도 나고. 엄마들은 잔소리를 하면서도 그게 잔소리라는 걸 알지 못해. 아무리 힘들어도 자식에게 한 끼 먹이기 위해 뚝딱뚝딱 음식 만들어 먹이듯 잔소리도 밥 같은 거라고 생각하거든. 그 마음을 이해한다면 네 마음이 조금은 편해질 거야.

엄마의 잔소리가 요즘 부쩍 더 늘었다면 네가 엄마 얘기에 귀를 기울이지 않았다는 증거야. 엄마가 무슨 말을 하고 싶은지 잘 들어주고 네 속마음을 얘기하다 보면 아마 엄마의 잔소리도 조금은 줄어들 거라고 생각해. 네가 그토록 지겨워하는 잔소리도 들을 시간이 조금씩 줄어들어 가고 있어. 그마저도 그리워질 때가 곧 올 거야. 후회는 늘 늦게 찾아오는 법이란 걸 기억하길!

철없던 시절에 나는, 엄마란 존재는 처음부터 엄마로 태어난 줄 알았어.
엄마가 내 마음에 안 들면 꼭 "엄마가 뭐 이래?" 하며 투정만 부렸지.
그때, 왜 엄마는 불사조처럼 영원히 내 곁에 있을 거라 믿었는지 몰라.
부재, 이보다 더 큰 형벌이 또 있을까?

일을 선택해야 할까,
결혼을 선택해야 할까

만나는 사람마다 결혼 안 하느냐고

하지만 일하는 것도 성취감 있고 재미있어.

그렇지만 일만 하자니 일만 하다 죽는 건 억울할 것 같고,

결혼하자니 일을 놓기엔 좀 서운 해.

일도 하고 결혼 생활도 잘할 방법이

어디 없을까?

"여자는 시집가서 남편 뒷바라지하며 사는 게 제일 행복한 거야."

옛날 엄마들은 늘 이렇게 말했지. 그때의 결혼은 생존의 문제였기 때문일 거야. 아이를 많이 낳아야 논밭에서 일 할 수 있는 노동력을 충분히 확보하는 거였을 테니까. 그래서 결혼하지 않는 건 개인이나 사회나 정상적이지 않은 현상으로 인식되었어. 그런데 지금은 어떠니? 논밭에서 일할 수 있는 노동력이 필요 없는 세상이 되었어도 결혼에 대한 인식은 그대로야. 서른이 넘었지만 결혼하지 않은 여자를 노처녀로 낙인찍어 부정적인 개념들만 나열하잖아. 여자 평균 초혼 나이가 거의 서른 살인 점을 고려하면 서른 넘었다고 노처녀로 불리는 건 좀 뭔가 맞지 않는다는 생각이 들어. 이제는 '노처녀'라는 말보다 그냥 '싱글'로 불러야 할 때가 아닌가 싶어. 또 결혼하지 않고 돈 잘 버는 여자를 '골드미스'라고 추켜세우면서도 한 편으로는 정상적이지 않다고 생각해. 이런 정서도 바뀌어야겠지.

아무리 남녀평등이 이루어졌다고 떠들어대도 현실은 바뀌지 않고 있는 게 많은 것 같아. 맞벌이해도 살림과 육아는 여자의 몫으로만 돌려지는 게 현실이니까. 그러니 워킹맘들은 퇴근이라는 게 없어. 낮에는 회사에서 밤에는 집에 와서 일해야 하니 뼈 빠지는 거야. 119 구급대원 같은 삶이지. 그나마도 잘 버티면 다행인데 아무리 잘 버텨도 살림과 육아에서 오는 스트레스에다 좋은 엄마, 좋은 아내가 되지 못하고 있다는 자괴감에 괴로울 때도 많아. 그러니까 이런 걸 곁에서 바라보는 싱글녀들은 결혼을 해야 한다고 생각하면서도 두렵고 자신이 없어지니까 깊은 고민을 하게 되지. 결혼해서 안정도 찾고 싶고 일에서도 성공하고 싶은데 깜깜하기만 한 현실. 일과 결혼이 조화롭게 양립할 수는 없는 걸까.

나도 결혼과 동시에 직장을 그만두었더니 시간이 갈수록 '나는 누구? 여긴 어디?' 하는 생각이 수없이 들었어. 결혼 전에는 출근하는 남편에게 뜨듯한 아침밥 해먹이고 하얀 와이셔츠 빳빳하게 다려 입혀 내 보내면 마냥 행복할 줄 알았지. 그런데 실상은 그게 아니더라. 매일 반복되는 똑같은 일상에 밥을 실컷 먹어도 늘 허기지고 '내가 이렇게 집안에만 처박혀 있을 사람이 아닌데' 하는 생각에 마음은 허방을 짚는 것 같았어. 살림이란 게 해도 해도 끝이 안 나는 일이면서도 안 하면 바로 티가 나, 뭐 이렇게 비생산적으로 살고 있나 싶더라. 종내에는 내가 가사 도우미 아줌마로 전락한 것 같은 자괴감이 들었지. 자아실현과 모성은 절대로 양립할 수 없는 거더라고.

그즈음, 앞집 여자는 늘 내 부러움의 대상이었어.

빼꼼히 열린 현관문 사이로 까만 슈트에 자존심만큼이나 높은 하이힐을 신고 출근하는 모습이 보이면 나도 모르게 고무장갑 낀 손을 얼른 허리 뒤로 감추게 되더라고. 내가 있어야 할 곳은 집이 아니라 직장이어야 한다고 생각했어. 호시탐탐 밖으로 나갈 기회를 노리다 아이들이 초등학교에 들어가고 나서 일을 시작할 수 있었지. 일하랴 살림하랴 숨이 턱에 차는 듯했지만 내가 살아 있는 것 같아서 정말 좋더라. 힘들다고 하면 남편이 "너 좋아서 일하는 거지 누가 시켰냐? 힘들면 그만둬."라고 할까 봐 힘든 티도 못 냈어. 난 가족에게 뭔가를 해주면서 행복해하기보다 일이 있어야 행복한 사람이었던 거야.

일을 선택해야 할까, 결혼을 선택해야 할까?의 문제는 어쩌면 엄마가 좋으냐? 아빠가 좋으냐? 묻는 것과 똑같아. 어느 쪽을 선택할까 보다 어떻게 일과 결혼의 조화를 이룰 수 있을까를 생각해 봐야 해. 우선, 내가 일 중심적인 사람인지, 가족 중심적인 사람인지를 먼저 자신에게 물어보는 거야. 일에 대한 성취감이 중요한 사람이라면 결혼을 하더라도 직장을 그만두지 말고 어떻게 살림과 육아를 할지에 대한 구체

적인 방안을 준비해야겠지. 이때 살림과 육아는 여자들만의 몫이 아니라는 것을 남편에게 이해시켜서 도와주는 게 아닌, 내 일처럼 즐겁게 할 수 있도록 해야 해. 가족을 위해 뭔가를 해주는 게 행복한 사람이라면 살림을 어떻게 나만의 방식으로 즐겁게 할 수 있을지에 대해 고민을 해야겠지. 그렇지 않으면 살림과 육아가 허드렛일이거나 하찮은 일로 인식될 수가 있어. 꼭 기억해야 할 것은 일하고 싶은 이유가 단순히 살림하고 애 키우기 싫어서인지 또 살림하고 싶어 하는 이유가 단순히 직장 다니기가 싫어서인지를 냉정히 따져 보는 거야. 그렇지 않으면 일을 선택했어도 만족할 수 없고, 살림과 육아를 선택했어도 행복하지 않아서 늘 주변인으로 살게 될지도 몰라.

《나였던 그 발랄한 아가씨는 어디로 갔을까》라는 책을 보면 어떤 삶이 아름다운 삶인지 생각하게 해. 저자 류민해 씨는 살림하고 아이 키우면서도 자신의 욕망을 찾아 틈틈이 책을 읽고 글을 쓰며 자신을 성장시켜 가는 데 그 노력이 정말 눈물겨워.

"타인의 개입에 연연하거나 내가 만든 상자에 스스로 갇혀 무기력하게 한숨 쉬는 건 인제 그만. 좋아하는 책을 읽고, 쓰고 싶은 글을 쓰면서 육아와 글쓰기를 같이 할 수 있다면, 그렇게 해서 어제와 다른 내가 될 수만 있다면, 조금 더 활기차게 살아갈 수 있는 내가 된다면, 그것으로 충분하지 않을까?"

일을 선택하든 결혼을 선택하든 스스로 만들어가면서 기뻐할 수 있는 삶이어야 해. 어떤 선택을 해도 가보지 않은 길에 대한 미련은 있겠지만 내가 선택한 것에 대해서는 책임을 지고 그 자리에서 꽃을 피워. 꽃은 자리를 탓하는 법 없이 꽃을 피우잖아. 성공한 인생이란 스스로 행복하다고 느끼는 인생이 아닐까.

일을 선택해야 할까, 결혼을 선택해야 할까?
어느 쪽을 선택할까 보다 어떻게 일과 결혼의 조화를
이룰 수 있을까를 생각해 봐야 해.

"결혼 생활에서 제일 중요한 게 있다면 뭐라고 생각하세요?"

03

"손가락과 젓가락처럼, 따로 또 같이."

남들과 똑같은 결혼은 싫어

남들과 똑같이, 남 하는 대로 결혼하기는 싫어.

남들과는 조금 다르게,

뭔가 특별하고 오래 기억에 남을

셀프 웨딩을 하고 싶어.

그런데 양가 부모님도 찬성하실까 모르겠어.

어디 좋은 팁 없을까?

"상견례가 뭐, 애들 놀인 줄 알아?"

"어머, 그 자리가 어떤 자린데 같이 여행을 가? 어우!"

"여행하면서 사이 나빠지면 어쩌려고 그래!"

"뒷말 나오면 어떻게 감당하려고 그래. 어휴, 그러는 거 아냐!"

상견례 대신 제주도로 여행을 가기로 했다는 내 말에 지인들이 하는 말이었어. 다들 고개를 흔들며 한사코 뜯어말리고 싶어 하는 분위기였지. 딸의 친구들조차도 "니네 부모님 아니고는 도저히 할 수 없는 일"이라면서 우려하더래. 그나마 내 친구들이 "산뜻한 발상이네. 너다워서 좋다!"고 해주니까 힘이 되었어. 그런데 막상 떠나는 날이 다가오니까 잠도 안 오더라. '남 하는 대로 그냥 한정식집에서 해야 하는 건 아닌가?' '괜히 서로 사이만 어색해지면 어쩌지?' '사돈이란 모름지기 흠 잡히지 않도록 조심 또 조심해야 하는 관계 아닌가?'

그런데 이런 걱정은 예비 사돈 내외분과 첫 대면을 하는 순간 사라졌어. 밝고 마음 따뜻한 분들이었으니까. 여행의 하이라이트는 첫날 밤, 콘도에서였지. 와, 써프라이즈! 예비 사위가 각각의 부모님께 감사패를 준비한 거야. 은은한 조명에 감미로운 음악이 깔리고 우리 부부에게는 예비사위가, 예비 사돈께는 딸이 감사패의 글을 낭송했어.

한평생 아내와 자식들을 위해 헌신적으로 일해 오신 아버지!

자식들의 영원한 안식처가 되어 주신 어머니! 고생 많으셨습니다.

사랑과 믿음으로 저희를 지지해 주신 부모님께 받은 은혜는
평생이 지나도 다 갚지 못하겠지만, 두 분의 희생과 사랑을 가슴 깊이 새기며 자랑스러운 자식이 되도록 하루하루 열심히 살아가겠습니다.
항상 건강하세요. 그리고 사랑합니다!

낭송하는 딸도, 예비 사위도, 듣고 있는 양가 부모도 모두 울컥했지. 가뜩이나 눈물이 많은 나는 더는 참지 못하고 눈물을 쏟아냈고. 이렇게 좋은 사람들을 만나 한가족이 되었다는 게 벅차고 감동스러워서였어. 딸은 며느리가 아닌 사돈의 딸이, 예비사위는 사위가 아닌 우리 집의 큰아들이 된 것 같더라. 마치 먼 곳에 공부하러 갔던 큰아들이 집으로 돌아온 것처럼. 두 집안이 만나 새로운 한가족, 한마음이 되는 순간이었지. 그때 문득, 결혼이란 금쪽같이 키운 자식들을 서로 나눠 갖는 게 아닐까 하는 생각이 들었어. 같이 밥을 해먹고, 잠을 자고, 바다낚시를 즐기면서 양쪽 가족들은 십 년 지기 친구 가족처럼 가까워졌지. 결혼의 첫 관문인 상견례부터 격식 따지느라 어색하고 불편한 시간을 보내는 대신 세상에서 가장 아름다운 여행이 되었다는 게 얼마나 뿌듯하고 흐뭇했는지 몰라.

네가 셀프 웨딩을 하고 싶다니 쌍수를 들어 환영할 일이야. 요즘 셀프 웨딩

족이 늘어나고 있다고 해서 참 반가웠던 참인데 말이지. 셀프 웨딩 하기 전에 준비해야 할 건 마음이라고 생각해. 남에게 보이기 위한 결혼식보다는 의미 있는 결혼식을 하겠다는 각오를 다지는 것. 누가 뭐라고 하든 굳건한 의지를 가지고 '마이 웨이'를 외치는 것. 그래야 네가 원하는 결혼식을 할 수 있어. 뭔가 다르게 하고 싶어도 주위에서 이러쿵저러쿵 말하면 에이, 그냥 남 하는 대로 하지 뭐! 하는 생각을 하게 돼. 절대로 흔들림 없는 너만의 확고한 의지가 필요해.

언젠가 친구 아들의 결혼식이 내게는 최고의 결혼식이었어. 두 사람이 꾸민 결혼식에는 주례도, 양가 부모님의 입장도 없이 바로 신랑 신부가 입장하고 서로에게 편지를 읽어주는 것으로 예식은 시작되었지. 시종일관 친구들이 나와서 노래를 부르고, 악기도 연주하고 춤추는데 이게 바로 신랑 신부가 주인공인 결혼식이구나 싶더라. 어떤 사람은 뭐 이런 결혼식이 있나 하는 표정이었지만 나는 그 어느 호텔 결혼식보다 더 화려하고 멋진 결혼식이라는 생각이 들었어.

결혼식도 그렇지만 '스드메'라 칭하는 스튜디오, 드레스, 메이크업 패키지의 공식을 깰 수도 있겠지. 공장에서 찍어내는 듯한 똑같은 배경의 스튜디오 촬영대신 카메라 들고 야외로 나가 데이트 하면서 찍는 거야. 신혼여행 가서 촬영하는 방법도 있겠지. 삼각대와 리모컨만 준비하면 사진의 퀄리티는 조금 떨어질지 모르지만 좋은 추억이 고스란히 마음의 사진으로 남을 거야. 결혼 비용도 예물, 예단 생략하고 1대 1로 동등하게 쓰기로 한다면 꼭 필요한 것만 장만하게 되니까 경비도 절약할 수 있을 거고. 무엇보다 결혼의 주인공은 그 누구도 아닌 두 사람이니까.

10월에 있을 딸의 결혼식도 셀프웨딩을 준비 중이야. 딸과 예비 사위는 결혼식의 콘셉트를 클래식하게 할 것인지, 재미 위주로 할 것인지 머리를 맞대는 중인 가봐. 두 사람이 꾸미는 결혼식이 어떤 아이디어와 센스가 발휘될지 벌써부터 설레. 나는 관심은 두되 간섭은 안 하고 둘이 알아서 꾸미는 걸 지켜볼 생각이야. 엄마가 나서서 이래라저래라 간섭하는 것도 별로 바람직해 보이지 않는 것 같아. 작은 바람이 있다면, 양가 어머니 의상을 평상복으로 하고 싶어. 그 날 하루만 입고 입지 않을 한복을 굳이 해야 할 필요가 있을까 싶어

Wedding

서야. '청바지 입고 회사에 가도 깔끔하기만 하면 괜찮을 텐데'라는 노래처럼 평상복 입고 결혼식 해도 우아하기만 하면 시도해 볼 만하지 않을까?

세상은 빛의 속도로 변하고 있는데, 유독 결혼 문화만은 전통적 고정관념과 격식에 매여 있는 것 같아. 늘 해오던 대로, 남이 하던 방식대로 하기보다 내게 맞는 걸 선택해서 결혼식 하는 젊은이가 늘어날수록 우리나라 혼례문화는 조금씩 바뀔 거라고 생각해. 평생에 한 번뿐인 결혼이라고 남처럼 해야 한다거나, 남 하는 것만큼은 해야 한다는 의식이 바뀌지 않으면 우리나라 결혼 문화는 절대 달라지지 않을 거야. 평생에 한 번뿐인 일이 어디 결혼뿐이니? 따지고 보면 태어나는 것도 한 번, 백일도 한번, 입학도 졸업도 한 번, 심지어 오늘 아침밥을 먹고 화장실에 간 것까지도 평생에 한 번뿐인 걸! 서로 꾸준히 대화하면서 너에게 맞는 웨딩 계획을 세우다 보면 양가 부모님도 따라 주시고 따뜻한 응원 보내주실 거라 믿어. 좋은 추억이 많은 결혼식일수록 두 사람의 사랑이 더 깊어진다는 것 잊지 마. 진짜 멋진 결혼식은 나다운 결혼식, 추억이 많은 결혼식이라는 것도!

나도 아이를 낳아 잘 키울 수 있을까

예전에는 아기 예쁜 줄 몰랐는데

요즘엔 점점 아기들이 다 예뻐 보여.

친구들의 카카오스토리에 아기 사진 올려진 걸 보면

정말 부럽고. 얼른 결혼해서 내 아기를 낳고 싶어.

그런데 두려워져. 내가 과연 아이를 낳아

잘 키울 수 있을지.

TV 프로그램 '슈퍼맨이 돌아왔다'에는 엄마보다 더 잘 키우는 '남자 엄마'가 대세지? 아이는 여자가 키워야 한다는 고정관념을 확 바꿔 놓은 것 같아서 보기 좋아. 낳는 건 여자지만 얼마든지 남자도 육아를 잘할 수 있다는 걸 보여주는 사례지. TV를 보다 보면 한 편으로는 고군분투하는 아이 아빠가 안쓰럽기도 하고 한 편으로는 부럽기도 해. 내가 아이들을 키울 때만 해도 아빠가 육아를 한다는 건 상상도 못 했던 일이야. 육아는 오로지 엄마의 몫이라고만 생각하던 때였고 먹고 사는 게 더 중요했던 때라 아빠들은 바깥일에만 신경 쓰던 때였으니까.

지나고 보니 결혼 생활 중에서 제일 힘들었던 때도, 제일 아쉬운 때도 육아 때였던 것 같아. 수시로 안아 달라고 보채는 연년생 아이들을 어쩌지 못해서 화장실에서조차 하나는 무릎에, 하나는 등에 업고 볼일을 봤다면 이해될까? 해맑게 웃을 때는 미치게 예쁘다가도 떼쓰거나 아프기라도 하면 어떻게 해야 할지 몰라 같이 울기도 많이 했지. 육아는 한숨과 체력 상실 그리고 눈물이 함께하는 전투였어. 또 아쉬운 점은 남편이 육아를 해보지 않아서 아이들과 서로 얼굴 마주 보는 것도 어색해 하고 물과 기름처럼 섞이지 못한다는 거야. 같이 놀고, 같이 뒹굴면서 육아기를 보냈다면 이렇게까지 데면데면하지는 않았을 텐데 말이야.

육아 문제는 결혼을 해야 하는 많은 여자의 고민이지. 직장을 다닌다면 아기는 누가 돌볼지, 양육비가 엄청 든다는데 그걸 어떻게 감당할지, 결혼하면 제일 힘든 게 시월드가 아니라 엄마 역할이라는데 잘할 수 있을지……. 하지만 걱정하지 마. 닥치면 다 하게 되어 있어. 아주 어린 나이에 엄마가 된 '어린 엄마'도 아기를 잘 키우는 걸 보면 신은 어쩌면 임신 기간을 통해 아기를 키울 수 있는 능력을 주는 건지도 몰라. 어느 강연에서 강사가 소개한 '하느님과 아기의 대화'는 참 의미심장하지.

"하나님 저는 이렇게 작고 무능한 아기인데 지상에 내려가 어떻게 살아요?"

"얘야, 너를 지켜주고 보호해줄 천사가 너의 옆에 있을 거야."

"저는 말도 못하는데 어떡하죠?"

"그 천사가 가장 감미롭고 아름다운 말로 너에게 말하는 법을 가르쳐줄 거야."

"지상에는 나쁜 사람들도 많다는데요?"

"그 천사가 목숨을 걸고 너를 지켜 줄 거야."

"제가 지상에 내려가 만나게 될 천사의 이름은 뭔가요?"

"너는 그 천사를 '엄마'라고 부르게 될 거야."

맞아. 천사가 아니고서야 그 힘든 10개월이라는 임신 기간을 어떻게 버틸까. 엄마라는 천사는 임신 기간 동안 모성을 기르고, 그 어떤 고통도 다 감당할 수 있게 타인을 품어 안는 훈련을 하게 돼. 그러니까 너도 잘할 수 있어 두려워하지 마. 지금은 아이를 잘 키울 수 있을지 걱정할 때가 아니라 아기 낳을 몸임을 잊지 않고 준비해야 할 때야. 결혼하기 전부터 먹는 것, 행동하는 것까지 조심해야 하는 건 물론 가장 중요한 건 좋은 아빠가 될 남자를 잘 고르는 거야.

영화 〈어바웃 타임〉에서 아버지가 딸에게 말하지. "가슴이 따뜻한 남자와 결혼해야 한다." 이 말에 난 전적으로 공감해. 가슴이 따뜻한 남자가 아내와 아이를 사랑하는 가정적인 남자가 되니까. 여자에게 결혼이란 좋은 남자와 인생을 함께하는 것임과 동시에 내 아이의 아빠를 선택하는 일이지. 가슴이 따뜻해야 좋은 아빠가 될 자질이 있어. 육아란 낳은 사람만이 키우는 게 아니라 아빠와 같이 키워야 끈끈한 가족애를 오랫동안 유지 할 수 있거든. 아빠도 육아에 적극적으로 참여하다 보면 부부간에 공동의 얘깃거리가 쌓이고 아이와도 끈끈한 정이 생기게 돼. 아기가 나이를 먹어가는 만큼 아빠의 육아 나이도 같이 먹어 가는 거야. 그러니까 신랑감을 고를 때부터 가정적인 남자인지, 좋은 아빠가 될 사람인지를 보는 게 중요해. 좋은 남편도 중요하지만 좋은 아빠가 될 수 있을지도 따져 봐. 결혼 한 번 하는데 따져 볼 것도 참 많다 그치?

더글러스 켄릭은 '욕구 피라미드 이론'에서 배우자를 만나 자녀를 낳는 게 인간의 궁극적 목표라고 했어. 진화론적 측면에서 볼 때 결혼은 번식에 대한 갈망을 채우기 위한 제도적 장치라는 말이지. 그래서 일까? 딸은 요즘 부쩍 아기에게 관심이 많아진 것 같아. 길 가다가 아기만 보면 한 번 더 쳐다보고 예쁜 아기 사진만 보면 "아, 이쁘다!, 아, 이쁘다!"를 연발해. 평소에는 별로 관심 없던 아기에게 관심을 두는 걸 보니 역시 결혼할 때가 된 게 맞구나 싶어져. 나도 아기들을 보면 자꾸 눈이 가는 걸 보니 손주 볼 때가 얼마 안 남긴 했나 봐. 신은 우리에게 늘 그 나이에 맞는 뭔가를 한 가지씩 던져준다는 게 정말 신기해. 그나저나 딸이 아기를 낳으면 봐줘야 해? 말아야 해?

"하나님 저는 이렇게 작고 무능한 아기인데
지상에 내려가 어떻게 살아요?"
"애야, 너를 지켜주고 보호해줄 천사가
너의 옆에 있을 거야."
"제가 지상에 내려가 만나게 될 천사의 이름은 뭔가요?"
"너는 그 천사를 '엄마'라고 부르게 될 거야."

꼭 기억해야 할 한마디 말

결혼에 대한 좋은 말들이 많지만, 그중에서도

꼭 기억해야 할 한마디가 뭔지 궁금해.

늘 머릿속에 간직할 수 있는 딱 한마디라면 뭐가 있을까?

아님 가장 중요하게 생각해야 하는 게 있다면 말해봐.

엄만 그런 거 없었어?

"결혼 생활에서 제일 중요한 게 있다면 뭐라고 생각하세요?"

가끔 결혼을 앞둔 사람들에게서 받는 질문이야. 결혼은 달콤하기도 하지만 한편으로는 두려운 것이기도 하니 결혼 생활을 잘 지탱해 갈 수 있는 한 가지를 콕 짚어주길 바라는 마음 잘 알아. 처음 질문을 받았을 때는 뭐라고 해야 하나 머뭇거려졌어. 결혼 생활에 중요한 그 많은 말 중 '제일' 중요한 한 가지만 콕 찍어 말하기가 어렵기 때문이지. 머릿속에 부유물처럼 떠다니는 수백 가지의 말들을 가라앉히고 최선의 답변이 무엇인지 곰곰 생각해 봤어. 딱 한 마디가 떠오르더라.

"숟가락과 젓가락처럼, 따로 또 같이."

강산이 세 번 변하도록 살아보니 딱 이 말이 가장 적절한 말인 것 같아. 내가 지금까지 남편과 잘 살아온 것도 '따로 또 같이'라는 신념의 결과였으니까. 이 말은 숟가락과 젓가락처럼 상황에 따라 떨어져 있다가도 어느 순간에는 함께 한다는 의미야. 한 식탁 위에서 숟가락은 밥이나 국을 뜨고 젓가락은 반찬을 집는 각자의 역할을 하면서 밥을 먹게 되는 것처럼.

34년 전, 내 결혼식이 생각나. 주례사와 교장 선생님의 훈화는 짧을수록 좋다더니 주례사가 어찌나 길던지 귀에 들어오지 않았지. 잔뜩 긴장한 탓도 있었을 거야. 그런데 딱 한마디가 머릿속에 남았어. "부부는 일심동체다." 그때 나는 결혼만 하면 저절로 일심동체가 되는 줄 알았어. 그런데 일심동체라는 말은 구호에 불과하다는 것을 알아챘지. 먹는 것, 입는 것, 자는 것까지 어쩌면 그리도 반대던지. 심지어 누워 자는 방향까지 반대여서 서로 왜 등 돌리고 자느냐고 싸우기도 했으니까. 지금은 어떠냐고? 서로의 등을 편안한 벽쯤으로 생각하고 기대어 자지. 그때는 몰랐어. 일심동체라고 하니까 소유하려 들고, 내 마음과 같지 않으면 실망하면서 더 큰 외로움 속에 빠졌던 것 같아. 부부란 신발 한 켤레처럼 일심동체가 아니라 식탁 위의 숟가락과 젓가락처럼 이심이체인데 말이지.

지금 생각해보면 냉철한 이과 기질의 남편과 감성적인 문과 기질의 내가 일심동체가 될 수 없는 건 당연하였어. 더구나 어릴 적 환경도 나는 시골에서 자랐고 남편은 서울 토박이다 보니 보는 것, 생각하는 것, 먹는 것까지 다 달랐어. 오죽하면 사과 먹는 법까지 달라 싸웠다니까. 시골에서 자란 나는 사과를 옷소매에 쓱쓱 문질러 아작, 깨물어 먹곤 했는데 남편은 물에 씻어서 깎아 먹지 않는다고 기절을 하는 거야. 뭐, 그럴 수도 있지. 어쩌면 화성에서 온 남자와 금성에서 온 여자가 지구에서 일심동체가 되는 건 애당초 불가능한 건지도 몰라. 대부분의 부부가 반대의 성격을 가진 걸 보면 신이 서로 반대의 기질끼리 도우며 살아가라고 인연이라는 끈을 만들어 준 건 아닐까?

며칠 전, 어느 잡지사 인터뷰에서 기자가 물었어. 신혼 시절로 다시 돌아간다면 뭐가 제일 후회 되냐고. 남편이 내 마음과 같지 않다고 불평불만만 하면서 신혼을 그냥 흘려보낸 게 후회된다고 말했지. 부부란 '따로 또 같이'여야 행복하다는 것만 알았어도 달콤한 신혼 기간을 눈물로 허비하지 않았을 텐데 난 왜 그리 바보짓을 했는지 몰라. 부부는 일심동체라는 말에 너를 가두지 마. 일심동체가 아니라고 해서 좌절 할 필요 없어. 그리고 기억해. 나와 달라도 너무 다른 상대방을 인정해줘야 나도 존중받을 수 있고, 부부 사이에도 어느 정도의 거리가 있어야 서로 편안해진다는 것을. 그것을 깨닫는 순간 편안해질 거야. 마치 한 벌인 숟가락과 젓가락이 각자 서로의 역할을 하는 것처럼.

결혼하게 되면 그릇과 수저를 새로 장만하겠지? 특별히 마음에 쏙 드는 수저를 사서 매일 밥을 먹을 때마다 부부관계를 생각해봐. 때로는 네가 숟가락이 될 수도 있고 신랑이 젓가락이 될 수도 있고 반대가 될 수도 있겠지. 어쨌거나 자연스럽게 '따로 또 같이'가 떠오를 테니 신랑이 네가 원하는 걸 해주지 않아도 이해하는 마음이 생길 거야. 그러면 너의 결혼 생활은 아주 오랫동안 행복할 수 있을 거라 믿어.

외출했다가 밤늦게 들어오니 초저녁잠이 많은 남편은 벌써 잠자리에 들었네. 남편이 깰세라 이불을 살짝 젖히고 쏙 들어가 몸을 누이니 남편이 몸을 뒤척이며 차가운 내 발을 자신의 발로 덥혀 줘. 남편의 발이 '따뜻하지? 피곤한데 어서 자' 하고 말하는 듯해. 눈이 살포시 감겨 와. 오늘 밤, 아주 좋은 꿈을 꿀 것 같아.

며느리가 딸이 될 수 있을까

시어머니들은 말하지. "난 며느리를 딸처럼 생각해."
이 말이 진심일까 아닐까 궁금할 때가 있어.
난 아무리 생각해도 시어머니를 친정엄마처럼
생각하기 어려울 것 같은데.
만약 시어머니가 나를 딸처럼 생각해 주신다면
행복하기는 할 것 같은데, 정말 며느리가
딸이 될 수는 있는 걸까?

"악화가 양화를 구축한다."는 '그래샴의 법칙'이 사람 관계에서도 통하는 것 같아. 좋은 화폐와 나쁜 화폐가 있으면 나쁜 화폐만 남고 좋은 화폐는 사라진다는 이 법칙처럼 좋은 말보다는 나쁜 말만 입에서 입으로 전해지게 되니까. 또 나쁜 말들은 어쩜 그리도 전염 속도가 빠른지! 특히 이 법칙이 시월드 계에서 더 뚜렷하게 나타나는 것 같아. 며느리를 딸처럼 대해주는 시월드 얘기는 없고, 나쁜 시월드에 대한 얘기만 돌아다니는 세상이니까. 게다가 드라마는 또 어떻고. 표독한 시어머니에다 돈 봉투 던지는 시어머니가 단골로 나오잖아. 결혼의 환상을 드라마나 각종 매체가 심어 놓듯이 시어머니에 대한 왜곡된 이미지도 사실은 각종 드라마가 한몫하는 것 같아. 그러니까 결혼을 앞둔 여자들의 고민이 클 수밖에 없어. '시어머니가 무섭지 않을까?', '나를 예뻐해 주실까?', '혹시 괜한 걸 가지고 트집을 잡으시지는 않을까?'

시월드에 대한 온갖 괴담이 난무하는 세상이지만 그래도 내 주위에는 매사에 긍정적이고 좋은 시어머니가 참 많아. 내 친구들, 친척들, 언니들 모든 시어머니들은 합창하듯 한목소리로 말하지. "지네끼리 잘 살면 되지 뭐. 별로 바라는 거 없어." 내 주위에만 특별히 좋은 시어머니들만 있어서 그런 건 아닐 거야. 시어머니들이 가진 공통된 마음인 거지.

그런데 며느리들 얘기는 좀 다른 것 같아. “시댁에 처음부터 잘하면 안 돼. 처음부터 잘하다가 나중에 조금 못하면 책 잡혀. 시어머니와는 가깝게 가지도, 그렇다고 멀리 있지도 말아야 해.” 도대체 어디서부터 나온 말들일까? 이런, 헛 똑똑이들! 잘못된 정보를 가지고 자기네들끼리 찧고 까부는 걸 보면 헛웃음이 나와. 세상일이라는 게 그렇게 머리로 계산해서 되는 건 아닌데 말이지. 사랑할 때 이만큼만 사랑하고, 이만큼은 남겨둬야지 하지 않고 푹 빠지는 것처럼 시부모를 대하는 마음도 계산하지 않고 진심으로 대해야 해. 그래야 살림이 조금 서툴러도 ‘요즘 애들은 공부만 했으니 뭘 할 줄 아는 게 없지!!’ 하고 이해해 줄 수 있는 거야. 뭐든지 척척 잘하면서도 겉으로만 하는 며느리보다 잘 못 해도 진심을 다하는 며느리가 어른들에게는 더 예쁜 법이니까. 며느리가 싹싹하고 붙임성 있게 진심을 다하면 그 어떤 시부모님이 싫어할까. 특히 시아버지에게는 도깨비에게 쇠방망이를 쥐여주는 격이지.

며느리가 딸이 될 수 있느냐 없느냐? 유전자적으로는 불가능하지만,
심정적으로는 얼마든지 가능하다고 생각해.

그래도 다행인 건 요즘 며느리들이 조금씩 마음을 열기 시작했다는 거야. '파오투'라는 스타트 업에서 "꽃보다 엄마"라는, 엄마와 딸의 건강 프로젝트를 진행하는데 시어머니와 같이 참석해도 되느냐는 문의가 참 많았다고 해. 시어머니와 함께 온 커플이 있었고. 나도 초청 작가로 초대되어 토크 콘서트를 했는데 그 어느 행사보다 뿌듯했어. 시월드와 좋은 관계를 맺으려고 노력하는 모습이 아름다웠으니까. 시어머니와의 관계를 잘해 놓는 일은 사실 자신을 위한 거지 시어머니를 위한 게 아니야. 세상의 모든 인간관계가 상대방을 위해 하는 것 같지만 결국 나에게 돌아오는 부메랑 같은 거야.

며느리가 딸이 될 수 있느냐 없느냐? 유전자적으로는 불가능하지만, 심정적으로는 얼마든지 가능하다고 생각해. 우리 어머니도 늘 내게 "나는 너를 딸로 생각하지 며느리로 생각하지 않는다!" 하셨어. 젊어서는 너처럼 그냥 말로만 그러는 거려니 하고 믿지 않았지. 그런데 시간이 지날수록 정말 딸로 생각하시는구나 느껴지는 순간이 많았어. 내가 좋아서 하는 일도 아들이 힘들까 봐 도와주느라 고생한다고 늘 안쓰러워하셨고, 살림하는 게 귀찮을 법도 한데 내가 힘들지 않도록 하나하나 꼼꼼하게 봐주시곤 했으니까. 요양 병원에 계실 때도 내가 가면 "나는 너만 있으면 된다." 하시면서도 피곤한데 얼른 집에 가서 쉬라고 문 쪽으로 훠이훠이 손을 내 젓곤 하셨어. 내가 해드린 것보다 훨씬 더 나를 사랑해주셨던 것 같아. 그런 어머님이 그리워져서 어떤 날은 어머님이 돌아가셨던 요양 병원을 혼자 찾아가 본 적도 있었어. 간호하던 연변 아주머니는 고향으로 돌아간 뒤였고, 같은 병실에 있던 할머니들도 다 세상을 떠나고 안 계셨지만, 어머님이 호흡하던 공간으로 들어가 봤다는 것만으로도 위안이 되었지. 그때 난 진짜 어머니의 딸이었구나 하는 생각을 하게 됐어.

시어머니가 혹시 너를 딸처럼 생각한다고 한다면 의심하지 마. 그 말은 진심이야. 사랑을 의심하면 이미 사랑이 아니듯, 진심을 의심하면 이미 그사이는 멀어질 수밖에 없어. 나는 아직 며느리를 보지는 않았지만 사위될 사람이 생기니까 정말 아들처럼 느껴지더라고. 우리 식구만 둘러앉아 맛있는 거라도 먹게 되면 자연스럽게 우리 예비 사위도 있었으면 참 잘 먹을 텐데 싶어지고, 내 딸이 혹시 힘들게 하는 일은 없는지 자꾸 신경 쓰게 돼. 내 소중한 딸의 짝이 되었으니까 둘 다 똑같이 자식처럼 생각되는 거야. 그게 나뿐만 아니라 세상 모든 엄마의 마음 아닐까.

상견례 대신 간 제주 여행에서 성산 일출봉을 오르는데 예비 사위가 딸을 업고 올라가고 있었어. 이 모습을 보며 계단을 오르던 한 중년 부인이 혀를 차며 말했어. "쯧쯧, 저것 좀 봐. 아들 키워봐야 다 소용없다니깐!" 민망해진 내가 "아이구, 힘들 텐데 저리 업혀서 가고 그러네요." 했더니 예비 사부인께서 "아녜요. 우리 아들은 운동하던 애라서 가끔 저렇게 땀을 흘려줘야 개운하데요. 괜찮아요!" 사돈어른께서는 "아니, 얼마나 보기 좋아요! 몸 건강해서 저렇게 해 줄 수 있다는 게. 허허!" 하시는데 그 표정에서 진심으로 딸처럼 생각해 주시는구나 하는 마음이 들었지. 그 순간, 가장 가까워야 할 사돈 사이가 불편해지는 건 내 자식과 남의 자식을 구분 지어서 생각하기 때문이 아닐까 싶었어. '네 자식만 잘났냐? 내 자식도 잘났다'가 아니라 '부족한 내 자식과 짝이 되어 줘서 고맙다'고 생각해야 사돈 사이가 좋아지는 것 같아.

딸이 예비 사돈어른께서 보내온 카톡 메시지를 보여 주는데 영락없는 아빠였어. 문구마다 '우리 딸, 우리 딸' 하시는데 얼마나 다정다감하시던지! 무뚝뚝하고 표현에 인색한 아빠와 살다가 이렇게 다정다감한 새 아빠를 만났으니 좋겠다고 딸을 축하해줬어. 난 진심으로 우리 딸이 예비 사돈댁의 딸이 되었으면 좋겠어. 아들만 둘인 집안에 딸이 생겼으니 사돈댁도 좋으실 테고, 우리 집도 몸 튼튼하고 맑은 심성을 가진 큰아들이 생겼으니 얼마나 좋아.

187 vs 160

오빠는 마치 거인 나라에서 온 사람 같아.

뭐든지 다 커야 한 대. 신혼집의 거실이 좁다고

베란다를 확장하자는데, 아니 멀쩡한 거실을 왜 확장을

하자는 건지 이해가 안 돼.

비용도 많이 드는 데다 확장하면 겨울에 춥고

곰팡이가 피기도 쉽다는데. 만약 불이 나도

여유 공간이 없어서 위험하다고 하잖아.

결혼 전부터 이런 갈등이 생기는데 결혼 후에

잘 맞춰갈 수 있을까?

“엄마, 오빠가 거실 답답하다고 확장하자는데?”

“그래? 거실이 그 정도면 작은 것도 아닌데.”

“그렇지? 난 안 텄으면 좋겠어. 추운 거 싫은데.”

“그러게. 우리 집도 터서 춥고 난방비도 많이 나오잖아.”

“그런데 오빠는 딱 두 가지만 부탁한대.
베란다 확상하는 거랑, 침대 킹사이즈로 해주는 거.”

‘킹사이즈 침대?’ 너의 이 말에 187센티미터의 예비사위 ‘태섭이’가 바라보는 세상은 어떨까 궁금해졌어. 스툴을 놓고 올라가 봤지. 일순간, 거실에 있던 가구들이 모두 납작해지고 작아 보였지. 그때, 거실은 무조건 터야겠구나 싶더라. 태섭이의 눈높이로 바라보니까 금세 이해가 됐으니까. 키 큰 사람의 눈으로 볼 때는 세상이 좁아 보일 수 있다는 걸 왜 생각 못 했을까? 문득 예전에 봤던 〈죽은 시인의 사회〉라는 영화가 생각났어. 키팅 선생님이 부임해 오자마자 책상 위로 올라가 수업하잖아. “내가 이 위에 선 이유는 사물을 다른 각도에서 보려는 거야 이 위에서 보면 세상이 무척 다르게 보이지. 믿기지 않는다면 너희들도 한번 해봐!” 하면서. 스툴 위에 올라서 보니 정말 내가 지금까지 봐오던 세상과는 다르게 보였어.

부부가 된다는 건 바로 이런 거란 생각이 들어. 상대방의 눈높이에 맞추는 노력을 하는 것. 태섭이는 이미 너의 눈높이에 맞춰갈 마음의 준비가 다 되어 있는 것 같아. '베란다 확장'이랑 '킹사이즈 침대' 딱 두 가지만 부탁했다니 말이지. 딱 두 가지만 부탁했다는 건 많은 것을 포기했다는 의미야. 신혼 생활의 단꿈에 젖어 있을 텐데 왜 하고 싶은 게 많지 않겠니? 가구도, 가전제품도, 내부 인테리어도 자기가 좋아하는 스타일로 하고 싶겠지. 그런데 더 욕심내지 않았어. 그런 만큼 너도 거실 확장하는 걸 받아들여 줘야겠지. 그렇게 함으로써 너는 네 마음대로 집을 꾸밀 수 있는 걸 얻잖아.

우리가 갈등이 생겼을 때 해결이 어려운 건 내가 원하는 걸 포기하지 않기 때문이야. 때로는 과감하게 포기할 줄도 알아야 진정한 내 것을 얻을 수 있어. 그런데 우리는 지금까지 뭔가를 손에 쥐는 것만 생각했지 놓는 법을 배우지 못해서 포기하는 게 더 어렵게 느껴지는 건지도 몰라. 내 생각대로 해야 한다고 욕심내는 게 아니라 한 부분은 포기하고 한 부분만 취하는 것, 버릴 것과 남길 것을 골라내는 게 행복으로 가는 지름길이라고 생각해. 너는 지금 무엇을 취하고 무엇을 포기하면서 결혼 생활을 해갈지 잘 생각해봐.

신혼여행 갔을 때 아빠가 말했어. "나는 화나면 아무것도 안 보여. 그러니까 내 성질만 건드리지 마. 그러면 넌 평생 행복하게 살 거야." 한 가지만 요구하니까 머릿속에 쏙 들어오더라. 쉬웠어. 부부싸움 할 때마다 이 말이 떠오르면 얼른 꼬리를 내렸지. 화를 돋궈봤자 서로 손해일 테니까. 아빠도 나에게 요구 하고 싶은 게 얼마나 많았겠어? 어머님께도 싹싹하게 잘했으면 좋겠고, 형제들에게도 잘했으면 좋겠고, 현명한 엄마, 좋은 아내가 되어 주었으면 좋겠고 등등. 바라는 거 많았겠지만 정말 중요한 거 하나만 취하고 다른 건 다 포기도 할 줄 알았기에 결혼 생활이 훨씬 더 순조로웠던 것 같아.

지난번 너 없을 때 태섭이가 슬쩍 묻더라.

"제가 소영이랑 잘 살려면 뭘 제일 조심하면 될까요?"

"자존심만 안 건드리면 돼. 걔는 자존심 빼면 시체거든!"

예비사위가 이렇게 노력하는 모습을 보이는 게 얼마나 믿음직스러웠는지 몰라. 이런 마음이면 너희에게 어떤 문제가 생긴다 해도 잘 헤쳐나가리라는 믿음이 생겼어. 남자와 여자는 서로 다른 행성에서 왔다는 걸 빨리 인정하고 끝없이 노력해야 해. 세상을 많이 살아 본 사람들은 한결같이 말하지. 내가 변해야 상대도 변하는 거라고. 이런 말들이 젊어서는 귀에 안 들어오겠지만, 그대로 실천하는 사람이 인생을 좀 더 지혜롭게 살아가게 된다는 걸 명심해.

서로 차이 나는 게 어디 키뿐이겠니? 남녀의 차이, 성격의 차이, 생각의 차이, 가치관의 차이 등등. 많은 것에 차이가 나겠지만, 눈높이 맞추듯 그렇게 맞춰가. 네 작은 키 세상으로 들어오게 하려고 애를 쓰지 말고 키 큰 세계 속으로 네가 들어간다고 생각하면 돼. 대부분의 인간관계가 내가 먼저 다가가면 되는데 상대가 다가올 때를 기다리느라 좋은 관계 못 만드는 거야. 예비사위도 네 키에 맞추려면 허리가 좀 아플 거야. 그걸 헤아려주면 예비사위도 올려다보느라 고개가 아픈 너를 생각해 줄 거야. 차이를 인정하지 않고 완벽하기를 바라는 마음으로 환상을 잔뜩 씌워 놓았다가 그 기준을 벗어나면 실망하는 것 자체가 결혼의 적이야. 누구든지 완벽하지 않아. 네 키를 늘릴 수 없는 것처럼. 서로 배려하고, 인내하고, 노력하면서 공존하다 보면 어느새 행복으로 충만한 날이 있을 거야.

예비사위가 우리 집에 온 이후로 내가 많이 달라진 것 같아. 내 눈높이보다 더 높은 곳에 관심을 갖게 됐으니까. 청소할 때 내 손이 닿지 않았던 곳까지 올라가서 닦고, 한 번도 가보지 않았던 내 마음의 오지에도 가보곤 해. 내 눈높이로만 세상을 보고 판단하느라 다른 사람을 배려하지 못하고 살았던 걸 반성도 해보면서. 모처럼 생각과 시선의 높이가 쑥 커버린 느낌이야. 사람이 가장 귀한 선물이 되기도 하는 거구나! 참, 거실 확장은 꼭 해주는 거지?

나만의 왕자님은 판타지인가

누구나 결혼은 현실이라고 하던데 살아보지 않았으니

뭐가 대체 현실이라는 건지 알 수가 없어.

그냥 매일 아침, 같이 눈을 뜨고,

주말엔 브런치를 즐기고, 우리 닮은 아이 낳아 키우고.

그런 게 현실 아니야?

엄마, 그런데 이게 환상이라고?

"니가 하루를 공방에서 힘들 게 일하다 집에 들어왔는데 말이 엄청나게 잘 통하는 친구가 기다리고 있어. 좋겠지? 근데 그 친구가 막차 시간이 되도 안 가. 방에서 놀아도 돼. 한 방에서 껴안고 자도 아무도 뭐라는 사람이 없어. 어머니도 그게 당연하다고 생각해. 날마다 같은 집에서 잠을 자고 어딜 가도 같이 가. 그렇게 둘이 꼭 붙어 다녀도 사람들이 이상하다고 생각하지 않고 오히려 부러워해. 나는 그게 결혼이라고 생각해."

아이고, 참 새콤달콤하기도 해라! 종영된 드라마 〈연애의 발견〉에서 주인공 한여름의 남자친구가 하는 대사야. 지금 네가 열애 중이라면 어서 빨리 결혼해서 같은 집에서 같이 눈을 뜨고, 같이 밥을 먹고, 같이 잠들고 싶겠지. 하지만 어떤 사람은 그놈의 드라마가 결혼에 대한 환상만 부풀려 놓는다고 답답해할지도 몰라. 하지만 가만 생각해봐. 결혼이란 게 도대체 환상 없이 가능하기나 한 거야? 콩깍지가 껴서든 호르몬의 장난이든 어쨌거나 홀려야 할 수 있는 거잖아. 홀리지 않으면 지금까지 살아온 것보다 훨씬 더 힘든 제도권 속을 제 발로 걸어 들어가는 미친 짓은 하지 않겠지. 결혼은 현실이라고 아무리 말해줘도 직접 경험하지 않고는 알 수 없고, 나는 예외일 거라고 생각하기 때문에 결혼하는 거 아니겠니?

나도 결혼 전에는 어마 무시한 환상이 있었어. 다른 건 몰라도 남편이 영화 속 주인공처럼 나를 사랑해 줄 거라고 믿었지. 나는 남편을 별로 좋아하지 않았지만, 남편이 나를 좋아해서 '결혼해주는 거니까' 당연하다고 생각했어. 우리 집에 결혼 승낙을 받으러 갔던 날, 남편은 말했지.

"이 사람 데리고 가서 고생은 시키겠지만, 제가 많이 사랑해주겠습니다."

햐, 거참 명언일세! 고생 안 시키겠다는 말보다 백배는 더 믿음직스러웠어. 기댈 곳이 필요했던 나는 그까짓 고생쯤은 아무것도 아니라고 생각했지. 많이 사랑해주겠다는 데 더는 뭐가 필요했겠니? 둘째 며느리지만 시집살이를 해야 한다는 것도, 나보다 나이 많은 시동생과 시누이와 같이 사는 것도 사랑만 있으면 별문제 아니라고 생각했어. 무슨 얼어 죽을 사랑? 막상 결혼하고 났더니 무슨 개 코딱지 같은 말 만 믿고 결혼한 내가 미쳤구나 싶었지. 사랑해 주겠다던 남편은 사랑은커녕 나를 투명인간으로 만들었어. 시집식구들 속에 나를 돌

멩이처럼 툭, 던져 놓고는 평일에는 술이 머리꼭지까지 차서 들어오고, 주말에는 등산이다 모임이다 밖으로만 도니 서로 마주 보고 얘기할 시간조차 없는 거야.

난 덕장에 걸린 황태처럼 비들비들 말라갔어. 내 존재감을 표시할 유일한 방법은 눈물뿐이었지. 그날도 술 먹고 새벽에 들어온 남편을 붙잡고 도대체 나한테 왜 이러는 거냐고 하소연을 하며 울었어. 그때 남편이 내 가슴에 비수를 꽂더라.

"아휴, 울지 좀 마! 너는 왜 툭하면 우니? 지겹게!"

얼음 한 바가지를 뒤집어쓴 듯 오소소, 왕 소름이 돋았어. 세상에나! 행복해지려고 결혼했는데 '지겨운 인간'으로 전락하다니! 여자가 울면 남자들이 싫어하는 이유가 연민의 정에 대한 거부감이라고 하지만 이유가 어찌 됐던 죽고 싶을 만큼 비참했지. 화장실로 뛰어가 소리 죽여 울다 거울을 보니 내 얼굴이 참 가관이더라. 내가 봐도 지긋지긋하게 꼴 보기 싫은 얼굴이 거기 있더라고. '아, 이게 결혼이라는 거구나!' 환상은 깨지라고 있는 거더라고. 얼른 차가운 물에 세수하면서 결심했어. 더는 남편에게 기대지 말자고, 무소의 뿔처럼 혼자서 가자고. 환상에서 깨고 나니 내가 어떻게 해야 하는 지가 선명하게 보였어.

남편을 졸라 우리 방에 책상을 사다 놓았지. 그 책상에서 시도 읽고 일기를 쓰다 보니 늦은 밤까지 뭔가를 열심히 하던 학창시절의 나로 돌아간 기분이었어. 내 안에 이렇게 생생한 감성이 살아 있었다는 게 새삼 놀랍더라. 내 책상, 내 공간에서 틈틈이 나만의 시간을 갖다 보니 더는 남편의 귀가 시간에 대해 신경 쓰지 않게 되었어. 신경 쓰지 않는 만큼 나는 조금씩 자유로워졌지. 중년이 된 지금, 남보다 조금 더 풍요로운 삶을 살고 있다면 그것은 아마도 결혼 직후 환상에서 깨어나 현실을 인정하고 나름대로 방법을 찾아갔던 게 아니었나 싶어.

결혼의 환상, 가져도 괜찮아. 결혼에 대한 환상이 문제가 아니라 환상을 깨고 났을 때 좌절하는 게 문제지. 결혼만 하면 모든 게 무지갯빛일 거라는 환상이 깨지면 현실을 빨리 인정하면서 생각을 바꾸면 돼. 그렇지 않고 꿈일 뿐이었구나 낙심하고 좌절하게 되면 절대로 행복한 결혼 생활을 할 수 없어. 결혼이란 어쩌면 환상이라는 껍질을 벗겨내고 해체해서 희망이라는 이름으로 재구성해 나가는 과정이 아닐까 싶어. 그러니 환상이 깨지는 걸 겁내지 마. 깨지면 어때? 환상을 깨고 나면 현실이 보이고 현실을 인정하고 나면 참을 줄도 알게 되고, 이해하고, 배려하는 따뜻함도 생기는걸! 환상이 없다면 꿈도 없고 희망도 없는 건 아닐까?

결혼의 환상, 가져도 괜찮아. 결혼에 대한 환상이 문제가 아니라
환상을 깨고 났을 때 좌절하는 게 문제지. 결혼만 하면 모든 게
무지갯빛일 거라는 환상이 깨지면 현실을 빨리 인정하면서 생각을 바꾸면 돼.

남들처럼 꼭 결혼해야 하나

"너 결혼 안 해? 잔말 말고 시집이나 가라!" 이런 말.

이젠 귀를 막아 버리고 싶어.

삶의 목적이 꼭 결혼일 필요는 없잖아.

지금 혼자 '독거 젊은이'로 살아가는 것도

편하고 좋은 데 굳이 왜 책임지기도 싫은 일을

왜 강요하느냐고. 그래, 결혼한 사람들이

행복하게 사는 걸 보면 나도 그러고 싶을 텐데

결혼이 로맨틱 코미디는 아니잖아.

'사랑과 전쟁'을 찍고 싶지는 않아.

"만약 따님이 독신 선언을 한다면 어떻게 할 거예요?"

"딸의 생각을 존중해줘야지, 그게 행복하다면……."

"정말요?"

너는 눈을 동그랗게 뜨며 한 옥타브 높은 톤으로 말했지. 놀란 토끼 눈을 하고 나를 바라보는 네 얼굴에서 요즘 참 힘든 시기를 보내고 있구나 하는 생각이 들었어. 혼자서도 행복하게 잘 살고 있는데 엄마가 결혼 안 하느냐고 매일 성화라니 얼마나 갈등이 심해. 엄마를 위해서 느닷없이 결혼이라는 걸 할 수도 없고. 나이가 찼으니까, 남들 하니까 나만 안 하면 낙오자가 되는 것 같아서 하는 결혼은 난 절대 반대야. 결혼이라는 게 인생의 목표가 아니라 행복이 목표인데 굳이 원하지 않는 결혼을 등 떠밀려서 해서는 안 된다고 생각하기 때문이지. 친구 따라 강남 가듯 남들 따라 결혼한 들 과연 행복할 수 있을까? 서로 사랑하고 많은 공부를 하고 준비한 결혼도 살다 보면 삐걱거리기 마련인데 하물며 등 떠밀려 하는 결혼이라면 불 보듯 뻔한 거지.

많은 엄마가 내 분신 같은 딸이 나이 한 살 더 먹기 전에 얼른 결혼해서 아기 낳고 알콩달콩 사는 모습을 보고 싶어 하지. 그게 많은 엄마들의 꿈이거든.

어디 너와 엄마 둘 다 만족할 만한 솔로몬의 지혜 없을까? 사실을 고백하자면, 나도 쉰 전에는 결혼은 꼭 해야 한다고 생각하는 사람이었어. 사람은 결국 지지고 볶더라도 혼자 사는 것보다 둘이 사는 게 더 좋고, 싸우더라도 사람과 섞여 지내는 게 사람 사는 맛이라고 믿었지. 그래서 우리 딸에게도 서른 전에 결혼해서 똑똑한 아기 낳아 키우라고 성화를 했었어. 남편은 하고 싶은 거 다 해보고 늦게 해도 된다고 했지만 말이야. 그런데 내가 아무리 결혼하라고 하면 뭘 해? 결혼할 당사자가 결혼하면 하고 싶은 걸 못하니까 일 열심히 하고 나중에 하겠다고 하는걸! 그때 접었지. 그래, 다 내 욕심이다, 내 인생은 내가 사는 것처럼 네 인생도 네가 사는 거다, 하고 마음 내려놓으니 잔소리할 필요도 없었지.

난 내 딸이 독신 선언을 한다고 해도 말릴 생각이 전혀 없어.
물론 아주 좋은 결정 했다고 환영할 마음도 없고.
다만 어떤 선택을 하든, 내 마음에 들든 안 들든 있는 그대로
받아들여 줘야 한다고 생각해.

세상에는 다양한 사람과 다양한 삶의 방식이 있는데 그걸 인정하지 않고 일방적으로 강요할 수는 없는 것 같아. 현모양처가 꿈인 사람이 있는가 하면 누군가는 살림과 육아를 그저 식모살이 정도라고 생각할 수도 있고. 너처럼 혼자인 게 좋고 희생이나 헌신할 마음이 조금도 없는 사람에게 결혼이라는 제도는 지옥 그 자체일 거야. 그런데 네 엄마뿐만 아니라 우리나라 기성세대들의 사고는 아직도 사람이라면 결혼은 꼭 해야 하는 거로 인식되어 있어. 언젠가 싱글로 사는 내 친구가 시집을 냈다고 전화가 왔어. 옆에 있던 남편이 대뜸, "시집 내지 말고 시집이나 가라고 해!" 하는데 역시 기성세대에게는 어쩔 수 없는 거구나 새삼 확인하게 되었지. 쉰 중반을 훌쩍 넘어 예순을 바라보는 친구에게 시집을 가라고 하다니! 하긴, 쉰이 넘은 미혼 자식을 둔 부모도 언젠가는 제 짝을 찾아 결혼할 거라는 희망을 끝내 버리지 않는대.

난 내 딸이 독신 선언을 한다고 해도 말릴 생각이 전혀 없어. 물론 아주 좋은 결정 했다고 환영할 마음도 없고. 다만 어떤 선택을 하든, 내 마음에 들든 안 들든 있는 그대로 받아들여 줘야 한다고 생각해. 그

렇지만 결혼이라는 과정이 지난하고, 뭔가 번거롭고 귀찮아서 막연하게 '혼자 있는 게 낫지. 내 처지에 지금 누굴 만나!' 라거나 '난 누구든 감당할 성격이 못 돼.' 하면서 자기를 합리화시키기 위한 거라면 동의할 수 없어. 독신 선언을 할 게 아니라 부모님으로부터 떨어져 나가는 독립선언을 해야지.

독신으로 사는 이유가 최소한 지금 충분히 행복하다는 걸 확신할 수 있고, 50대 60대가 되어도 후회하지 않을 자신이 있어야 한다고 생각해. 사람들은 결혼 안 하면 나이 들어서 외롭다고 하지만 결혼해서 살았어도 외롭다니까 차라리 혼자 살면서 하고 싶은 거 하며 사는 게 더 낫다고 생각한다면 혼자 살아도 되지. 하지만 나는 결혼이 적당한 자유와 적당한 구속 속에서 행복을 찾아가는 과정이라고 생각해. 인생에 정답은 없지만, 결혼하지 않을 이유가 확실하지 않다면 결혼하는 게 좋다고 생각해. 가끔 독신으로 사는 여자들에게서 혼자 사는 것에 대해 당당함은 찾아볼 수 없고 삶의 애착을 놓아 버린 듯이 불안정한 느낌을 받곤 하는데 그게 참 안타까워. 그 여자들은 독신주의자가 아니라 그냥 어쩌다 보니 그렇게 된 걸까?

그런데 참 이상해. 20대 때에는 얼른 시집가서 예쁘게 살라는 내 얘기는 귓등으로도 안 듣던 딸이 이제는 빨리 결혼하고 싶다고 난리야. 그때는 여기저기서 선이 들어와도 결혼 안 할 거라고 꿈쩍도 안 하더니만. 그래서 생각했지. 엄마들이 자꾸 결혼해라, 결혼해라 잔소리하니까 딸들이 더 결혼하기 싫어하는 건 아니냐고. 원래 아이들이란 하라는 일은 하기 싫어하고 하지 말라는 일은 하고 싶어 하는 청개구리 기질이 있잖아. 딸을 빨리 결혼시키고 싶은 엄마라면 결혼하지 말고 혼자 살라고 자꾸 말하는 것도 좋은 처방이 되지 않을까. 하하.

이제 우리의 삶은 결혼을 하고 안 하고의 문제가 아니라 어떻게 나답게 살 것인가가 더 중요해진 것 같아. 나답게 사는 것. 그게 우리 삶의 의무이자 권리가 되었어. 누가 뭐래도 나는 나다, 나 자신의 길을 간다는 확고한 자기 믿음이 있어야 제대로 된 행복을 누릴 수 있다는 말이지. 나이 들면 꼭 결혼해야 된다는, 남들이 정해 놓은 답보다 스스로 답을 찾아가는 삶도 멋진 것 같아. 너다움으로, 네 멋대로 행복해!

내 분신 같은 딸이 나이 한 살 더 먹기 전에
얼른 결혼해서 아기 낳고 알콩달콩 사는 모습을 보고 싶지.
그게 많은 엄마들의 꿈이거든.
어디 너와 엄마 둘 다 만족할 만한 솔로몬의 지혜 없을까?

결혼에 대한 확신이 안 생겨

결혼하기로 했는데 마냥 행복하지가 않아.

나는 과연 결혼을 잘하는 걸까?

이 남자가 과연 최선일까?

더 좋은 사람이 나타나면 어쩌지?

시댁과 잘 지낼 수 있을까?

그 사람 마음이 변하면 어쩌지?

온갖 물음표들이 머릿속을 떠다녀.

난 왜 이러는 거지…….

'정서적으로 안정을 찾고 싶어서요.'

'내 아이를 갖고 싶어요.'

'예쁜 집을 마음대로 꾸미고 싶어서요.'

'엄마의 성화에 못 이겨서요.'

'다들 결혼하니까요.'

'회사 다니기 싫어서요.'

싱글녀들의 모임에서 왜 결혼하고 싶으냐고 물었더니 돌아온 대답이었어. 알록달록 12색 크레파스처럼 이유도 참 다양했지. 내가 젊었을 때 만해도 결혼이란 그저 나이 들면 해야 하는 통과의례 정도로만 생각했었는데 말이야. 결혼하고 싶어 하는 건 여자가 남자보다 더 강한 것 같아. 여자가 결혼하면 싱글 때처럼 자유롭지 못하다는 걸 알면서도 말이지. 왜 그럴까? 여자는 출산이라는 막중한 임무를 갖고 태어났고 사회적 인식도 결혼은 해야 하는 거로 생각하니까 등 떠밀리는 것일 수도 있어. 또 현실적으로도 혼자 사는 게 그리 쉽지 않기 때문이기도 할 거야. 싱글녀들의 얘기를 들어보면 골드미스라고 아무리 추켜세워줘도 퇴근하고 집에 들어올 때 아무도 기다리는 사람이 없다는 게 그렇게 허전할 수가 없대. 불 꺼진 집에 들어설 때 주저앉아 울고 싶을 때도 있다니 그 외로움이 어떤지 조금은 짐작할 수 있을 것 같았어. 또 배달 음식을 시켜 먹더라도 혼자 살고 있다는 걸 들키기 싫어서 남자 신발을 하나 현관에 내놓는다고 해. 그러면 그나마 마음이 든든해진다는데 얼마나 마음이 짠해지던지.

여자들이 갖가지 이유로 결혼하고 싶어 하지만 단 한가지로 정리하자면 변화에 대한 갈망 때문이 아닐까 싶어. 여자들은 늘 뭔가 새로운 변화를 꿈꾸잖아. 사는 게 뭐 이렇게 시시하지? 뭐 좋은 일 없나? 싶으면 헤어스타일을 바꿔보거나 살까 말까 망설이던 비싼 옷이나 가방을 지를 때도 있고. 이도 저도 시들해지고 친구들이 하나씩 시집을 가게 되면 나도 슬슬 결혼을 해야 하나 생각하게 되지. 그때 마침 기다리고 있었다는 듯 괜찮은 남자가 나타나면 결혼에 골인하게 되는 것이고. 그런데 결혼하기로 했다고 해서 마냥 핑크빛 꿈만 꾸게 되는 건 아니지. 이 결혼을 정말 잘하는 걸까? 이 사람과 정말 평생 행복하게 살 수 있을까? 고민에 또 고민을 거듭하게 되니까. 특히 미래는 예측할 수 없기 때문에 결혼해서 내가 정말 행복해지기는 할지 자꾸 확신이 안 서는 거야. 사람은 누구나 변화를 꿈꾸기도 하지만 동시에 익숙한 것을 놓고 싶지 않은 두 마음이 존재하니까 불안해지는 건 당연해.

너만 결혼에 대해 확신이 안 드는 건 아니야. 아마 결혼을 앞둔 대부분 사람이 다 네 마음 같을지도 몰

라. 막장 드라마 같은 '사랑과 전쟁'의 괴담이 횡행하고 시집간 친구들의 얘기를 듣다 보면 정말 결혼을 해야 하나? 말아야 하나? 혼란스러울 거야. 남편과의 갈등이나 시집 식구들과의 불화, 육아 스트레스, 은행 대출 이자 등 부정적인 결혼 생활 소식만 전하니까 얼마나 겁이 나. 더구나 너는 지금까지 너 스스로 뭔가를 선택해 본 적이 없었으니까 그럴 수밖에 없어. 네 마음대로 했던 건 아주 어린 시절의 소꿉장난뿐이었잖아. 공부해라, 공부해라 그래야 훌륭한 사람 된다는 말만 듣고 책만 보고 학원만 다녔으니까. 네가 원하는 건 놀이터에나 묻어 두고 세상이 원하는 사람으로 컸어. 요즘 사람들이 '선택 결정 장애'를 겪고 있는 것도 진정한 어른으로 성장할 기회를 놓치고 '어른 아이'가 되었기 때문이야. 겉으로 보기에는 자신감 넘치고 독립적으로 보여도 내면에는 주체성이 떨어지는 여리디여린 어른인 거지. 남자들도 마찬가지야. 결혼식장에 신부의 손을 잡고 들어가는 순간까지 '이 결혼, 꼭 해야 돼?' 하고 고민 한다잖아.

나도 결혼식이 코앞으로 다가왔을 때까지 확신이 안 들었어. 결혼식을 며칠 앞둔 어느 날, 버스를 타고 신랑네 집으로 가는데 결혼 결정을 잘못한 거 같다는 생각이 막 들더라.

나를 사랑해주는 사람보다 내가 사랑하는 사람과 결혼하고 싶었는데 그렇지 않았으니까. 나를 사랑한다는 것 하나만 믿고 결혼해도 괜찮은 걸까? 신랑이 바람이라도 피우면 어쩌지? 시집살이를 잘해낼 수 있을까? 온갖 부정적인 생각들만 떠오르는 거야. 신랑 집에 도착하자마자 문을 열어주는 신랑 가슴에 대고 줄무늬 셔츠가 다 젖도록 펑펑 울었어.

"나, 결혼 못 할 거 같아. 미안하지만 나 좀 놔줘!"
"그래, 결혼 전에는 그런 맘 생길 수 있어. 괜찮아. 울고 싶을 때는 실컷 울어."

참, 철이 없어도 어쩜 이렇게 없었을까? 으이구! 그때 남편이 내 마음을 알아주고 등을 토닥여 주지 않았다면 결혼을 못 했을지도 몰라. 하마터면 큰일 날 뻔했지 뭐야! 그때 결혼 안 했으면 아마 지금까지 혼자 무말랭이처럼 삐들삐들 말라가고 있었을걸? 아, 남편에게 더 잘해줘야겠다. 하하.

그렇다면 지금 너의 불안을 어떻게 하면 잠재울 수 있을까? 결혼이 너를 어떻게 변화시킬지 기대하기보다 어떻게 하면 결혼 생활을 잘할 수 있을지에 초점을 맞춰야 해. 대부분의 여자가 결혼하고 싶다는 큰 틀은 있으면서도 구체적인 실행 계획은 없는 것 같아. 결혼을 네 인생의 최종 목적지라는 생각을 하지 말고 네 삶의 한 부분이라는 생각을 하는 게 좋아. 마음의 준비도 하고 성공적인 결혼 생활에 대해 공부를 하면서 하나씩 디테일하게 준비하다 보면 결혼 이후 네 인생의 그림이 그려질 거야.

무엇보다 중요한 건 결혼에 대한 과도한 기대를 갖지 않는 거야. 결혼 생활이라는 게 행복과 기쁨만 주는 건 아닌데도 불구하고 온갖 미디어에서 보여주는 이미지는 로맨틱하니까 그럴 것이라고 믿고 있다가 뒤통수 맞는 거야. 사랑을 끊임없이 의심하거나 흔들리지 말고 네가 선택한 사람에 대한 믿음을 가져. 결혼하기로 마음먹은 이유가 안정에의 욕구였든, 아기 낳고 싶은 욕구였든 어쨌거나 결혼하기로 마음을 먹었다면 그 마음의 기저에는 신랑감에 대한 사랑이 깔려 있는 거니까 더는 고민할 필요는 없다고 생각해. 그 마음을 믿고 지금의 네 선택이 백번을 다시 생각해도 옳다고 생각하면서 밀고 나가. 사람 마음이란 참 이상해서 항상 두 마음이 존재해. 결혼 안 하면 결혼해서 안정적으로 사는 결혼한 여자가 부럽고 결혼하고 나면 자유롭게 사는 싱글이 부럽고. 그래서 자기 확신이 필요한 거야. 내 선택에 대한 믿음을 내가 갖지 않으면 자꾸 흔들릴 수밖에 없어. 흔들리는 나를 누가 잡아 줄까? 결국에는 나 자신이야. 나 자신을 믿는 자에게 행복이 온다는 걸 잊지 마!

살아보고 결혼하면 안 될까

조용히 동거에 들어가는 커플이 많아진 것 같아.

결혼해서 겪게 되는 책임에서 자유로울 수 있고

이혼에 대한 부담도 줄일 수 있어서겠지.

동거하면 생활비나 데이트 비용도 줄일 수 있고

어떤 사람인지 시험해 볼 기회가 되니까

좋을 것 같아. 살아보기 전에는 아무것도 모르니까.

아직은 동거에 대해 부정적으로 보는 게 있지만

살아보고 결혼하면 이혼 확률도 줄어들지 않을까?

한 번 살아봐?

십여 년 전, 캐나다에서 어학연수를 할 때였어. 수업시간. 질문지를 하나씩 뽑아서 자기의 생각을 말하는 거였는데 질문이 '혼전 동거에 대해 어떻게 생각하느냐?'였지. 일본, 대만 학생들은 모두 찬성이라고 하는데 유독 한국 학생들만 다 반대한다고 했어. 선생님은 왜 한국 학생들만 그러냐고 의아해했지. 우리나라에선 유교사상이 워낙 강해서 동거에 대한 인식이 부정적이란 걸 캐네디언 선생님이 알 턱이 있나.

10여 년이 흐른 지금, 똑같은 질문을 학생들에게 한다면? 아마 그전과는 많이 다를 거야. 실제로 조사 통계를 봐도 미혼남녀 반 이상이 혼전 동거에 대해 찬성이라고 하던 걸 봤어. 10년 이면 강산만 변하는 게 아니라 가치관도 이렇게 변하는구나 싶어져. 혼전 동거의 찬성 이유를 남자들은 혼사 사는 외로움을 달래는 건 물론 양보와 이해하는 걸 배우는 기회여서 좋다고 하고, 여자들은 이혼을 예방할 수 있고 데이트 비용 등을 아낄 수 있어서라고 해.

기혼자 중에서도 혼전 동거에 찬성하는 사람들도 점점 많아지는 것 같아. 얼마 전, 마흔 초반에 이혼하고 대학에서 강의하는 교수님을 만났어. 딸의 결혼에 대해 얘기를 하고 있었는데 살아보고 결혼하는 것도 괜찮은 방법인 것 같다는 조언을 들었지. 살아보지 않고 결혼해서 이혼하는 것보다는 살아보고 맞지 않으면 쿨하게 헤어지는 것도 방법이 될 수 있는 거 아니냐고. 또 어떤 사람은 혼전 동거가 우리나라의 고질적인 결혼 허례허식 병을 고칠 수 있는 대안이 될 수 있다고도 해. 살다 결혼하면 혼수나 예단 문제로 시끄럽지 않을 수 있다는 거야. 먹고 사는 것 자체가 어렵던 시절, 식 올리지 않고 살림부터 차린 사람들이 아들딸 키우고 잘 살았다는 걸 보면 아주 틀린 생각은 아니라고 생각해. 그래도 난 일부분은 동의하지만, 완전히 동의하기는 어려워.

난 혼전 동거 반대에 한 표야. 꼼꼼하게 따져보지 않고 '결혼을 전제로 한 번 같이 살아보지, 뭐!' 하는 건 아주 위험하다고 생각해. 왜냐하면, 동거를 시작할 때 여자와 남자의 기대가 확연히 다르기 때문이지. 여자는 동거를 결혼을 위한 예비단계 정도로 생각하지만 남자는 심리적으로 크게 구속당하지 않으면서 정기적으로 성관계를 맺을 수 있다는 점에 중점을 두니까. 결국, '결혼을 전제하고'라는 말은 별 의미가 없어지는 거야. 본질적으로 시작부터 다른 생각을 하면서 출발하니까 동거하면서 결혼에 대한 시각차가 생기면 관계는 악화되고 결혼에 골인하기는 더 힘들어지지. 간혹 결혼으로 골인하는 경우도 있기는 하지만 대가를 지급해야 할 것도 많아. 원하지 않았던 임신을 하게 되면 아기에 대한 책임 주체가 모호하고, 다른 사람과 결혼하는데 동거 경험이 문제가 될 수도 있어. 또 도덕적인 죄책감을 안고 살아야 하니까 남자보다 여자가 더 힘든 게 현실이야.

형식이 본질을 덮으면 안 되지만 결혼만큼은 본질보다 형식이 중요할 때도 있는 것 같아. 조사 결과를 봐도 동거 커플이 결혼 커플에 비해 행복감이 덜하다고 해. 왜 그럴까? 마음에 들지 않으면 언제든지 헤어질 수 있고 책임감이 없으니 굳이 노력할 이유도 없어서 그런 건 아닐까? 결혼은 서로 맞춰가야 하는 거라고 생각하지만, 동거는 나와 맞지 않으면 언제든지 헤어지고 다른 사람을 만나도 된다는 전제가 깔렸으니까. 동거를 긍정적으로 평가하는 사람들은 흔히 프랑스의 예를 들지만 프랑스와 우리나라는 차원이 달라.

프랑스는 남녀가 평등하다는 생각이 뿌리 깊게 자리 잡고 있고, 동거 남녀를 정식부부와 똑같이 법적 보호를 해주지. 또 우리나라에서는 동거 남녀에 대한 법적인 제도 장치가 없어. 아직 우리나라에서 동거에 대한 인식을 바꾸고 자유롭게 허용되기는 시기상조인 것 같아. 동거도 결혼처럼 각자 선택의 문제지만 어떤 걸 선택하든 결국 자기의 몫으로 남게 될 거야. 또 동거든 결혼이든 사랑에 있어서 가장 중요한 건 배려와 인내라는 걸 놓쳐서는 안 된다고 생각해. 배려와 인내는 행복을 낳고 불평과 불만은 불행을 낳은 법이니까. 피치 못할 사정이 아니라면 한 번쯤은 깊이 생각해 봐. 동거하다 헤어지면 결혼도 해보기 전에 이혼한 기분이 들지 않을까? 그걸 다 감수할 만큼 혼전 동거가 그렇게 매력적일까?

오래오래 행복하게 잘 살았대

영화 〈님아 그 강을 건너지 마오〉를 보고 엄청 울었어.
할아버지 무덤에서 할머니가 하는 말.
"불쌍해. 불쌍해 죽겠네. 할아버지 생각을 누가 하나.
나밖에 남은 사람이 없는데…."
결국 마지막에 남아 울어주는 건 부부밖에 없구나 하는
생각을 했어. 이 노부부처럼 오래 행복하게 잘 살려면
무엇을 준비해야 할까?

남편 : If lost return to Lita(길을 잃으면 리타에게 데려다주세요)

아내 : I am Lita(제가 리타예요)

인터넷에 소개된 사진의 노부부 커플 티 등에 각각 쓰여 있는 문구야. '치매 걸린 남편을 위한 어느 노부부의 커플 티'라는 제목의 사진에는 치매 걸린 남편과 아내가 함께 외출하는 모습이었어. 혹시나 길에서 남편을 잃을까 두려웠던 아내의 아름다운 마음이 보이는 듯했지. 검은 머리 파뿌리 되도록 함께 세월을 견뎌온 이 부부의 사진이야말로 백년해로하는 부부의 표상이 아닐까 싶었어.

《낯선 곳에서 살아보기》라는 책에도 감동적인 노부부 사진이 나와. 여행 책이니 당연히 예쁜 사진이 있지만 '예쁜' 게 아니라 아주 '아름다운' 사진이지. '세상에서 단 하나뿐인 해피 뉴이어'라는 제목 아래 뉴요커 호호 할머니와 파파 할아버지가 커플티를 입고 칵테일 잔을 들어 짠, 하는 장면이야. 작가가 '충격적이고 신선한 해피 뉴이어'라고 쓴 것 보다 나는 더 충격적이고, 더 신선했지. 그런 장면을 포착한 작가도 그 순간 얼마나 가슴 따뜻한 느낌을 받았을지 절로 부러워졌어. 저스트 갓 메리드 커플에 비할까.

하나의 사진은 병들고 아플 때 또 하나의 사진은 건강하고 행복할 때. 두 장의 사진이 똑같이 아름답다고 느낀 건 두 노부부의 다정한 모습이 어느 날 갑자기 생긴 게 아니라는 거야. 젊어서부터 두 사람만의 시간을 많이 갖고 추억을 함께 쌓으며 잘 살아야 가능한 거니까. 결혼해서 아이가 생기면 서로에게 집중하지 않고 아이에게만 올인 하게 돼. 그러면 나이 들어서 부부가 서로 데면데면한 사이가 될 가능성이 크지. 내 주변에도 그런 부부들이 참 많아. 아이들이 있을 때는 그럭저럭 잘 지냈는데 다 커서 두 사람만 남게 되니까 서로 뭘 해야 할지 모르겠다는 거야. 할 말도 없고. 부부애라는 이름의 통장은 어느 날 갑자기 불어나는 게 아니라 젊어서부터 조금씩 넣어야 나이가 들어서 친밀감으로 꽉 차게 돼. 원금에 이자가 붙고 그 이자에 또 이자가 붙는 거지. 젊었을 때는 잘 몰라도 아이들이 다 커서 곁을 떠나고 나면 부부애 통장이 얼마나 중요한 건지 알 게 돼. 돈만 모으느라 은행 통장만 채우지 말고 부부애 통장도 조금씩 채워가. 가끔 시간 내서 둘만의 시간도 갖고 서로 다름을 인정하면서 '동반 성장'해 가는 거야.

어느 모임에서 한 사람의 남편과 평생을 산다는 건 고문이라는 말들이 오갔어. '10년 부부 정년제'를 실시해야 한다는 의견에 남녀 불문, 다들 "맞아, 맞아"를 외치며 환호했지. 이어서 구체적인 말들이 하나씩 쏟아졌어. 10년간 살아봐서 둘 다 원하면 결혼을 지속시킬 수 있고, 어느 쪽이라도 재계약을 원하지 않으면 그걸로 결혼 생활 끝내야 한다, 재산은 반으로 나눈다, 아이들은 아이들이 원하는 사람과 살기로 한다는 것에 다들 동의하는 분위기였지. 내 생각은 달라. 처음부터 10년만 살고 다시 생각하는 마음으로 시작한다면 과연 최선을 다해 결혼생활을 하는 사람이 있을까? 새로운 사람과의 또 다른 사랑이 기다리고 있는데 오래된 사랑에 미련을 둘 사람이 과연 얼마나 될까 싶어. 시작부터 10년만 살고 말 수도 있다고 생각하면 그냥 끝날 가능성은 아주 높다고 봐. 익숙해 질 만하면 다른 사람으로 바뀌게 되는 거니까 처음에는 새로울지 모르지만, 새것은 또 헌 것이 되기 마련이니 얼마나 허탈하겠어. 결혼 생활을 오래 했거나, 재혼 삼혼 한 사람들은 한결같이 말하잖아. 그놈이 그놈, 선수 교체해봐야 별놈 없더라고. 처음부터 좀 더 신중하게 남편감을 골라 '갈고 닦고 기름 쳐' 가면서 쭉 사는 게 더 낫지 않을까? 결혼 전에는 서로 곁에 없으면 못 살겠다고 하다가 결혼해서는 서로 때문에 못 살겠다고 한다면 이보다 더한 비극은 없을 거야.

나는 미나리 순 같았던 나의 20대 시절부터 내 모습을 고스란히 기억해주고 있는 남편과 함께 늙어 가고 있다는 게 참 좋아. 하루가 다르게 눈은 침침해지고 주름도 하나씩 더 늘어가지만 나를 애틋하게 봐주고 썰렁한 농담에도 크게 웃어 주니까. 남편이 아니라면 이 나이에 누가 나를 그렇게 애틋한 눈으로 봐주고, 썰렁한 농담에도 고개를 뒤로 젖히며 웃어 주겠어. 곧 정년퇴직할 우리 남편. 밥 달라고 나를 귀찮게 할 때마다 두 장의 사진을 꺼내 봐야겠어. 굿 아이디어!

결혼한 친구가 한숨 푹푹 내쉬며 결혼하지 말래

지난봄에 결혼한 친구 알지?

그 친구 말고도 결혼한 친구들 대부분

한숨을 푹푹 내쉬며 능력 있으면 결혼하지 말래.

결혼하면 일은 일대로 힘들고 집안일에,

육아에 치이면서 어쩔 수 없이

슈퍼우먼으로 살아야 한다고.

"내가 결혼을 한 거야? 입양을 한 거야? 왜 나는 항상 시키는 사람이어야 해?"

"미안, 내가 나쁜 놈이야. 근데 왜 나는 매일 미안하다고 해야 하지?"

영화 〈나의 사랑, 나의 신부〉에서 잔소리쟁이 아내 미영(신민아 분)과, 철부지 남편 영민(조정석 분)의 대화야. 4년간의 연애 끝에 이제 막 결혼한 미영과 영민. 미녀였던 그녀가 마녀가 되고, 훈남이었던 그가 진상이 되는 결혼의 현실을 이보다 더 현실감 돋게 표현할 수는 없다는 생각이 들어. 너도 결혼하게 되면 이 상황과 별로 다르지 않은 상황이 될 거야. 여자들은 결혼하는 순간부터 집안일은 물론 육아, 며느리 역할까지 감당해야 하지. 이렇게 서로 변해가는 게 싫고 결혼 생활에서 오는 어려움을 견뎌 낼 자신이 없다면 결혼은 함부로 해서는 안 된다고 생각해. 더는 설레지 않는 연애를 끝내고 안정적이고 싶어 결혼하지만, 결혼도 어떻게 보면 또 다른 연애의 시작이지.

젊은 사람들은 결혼을 선택이라고 한다는데 나도 동의해. 인생이란 게 꼭 남과 똑같이 사는 것만이 정답은 아니니까. 그렇지만 그래도 안 하는 거보다는 하는 게 좋다고 생각하는 쪽이야. 왜? 뭐니 뭐니 해도 사람은 관계와 역할

속에서 사는 게 조금 더 안정적이라고 느끼기 때문이지. 결혼을 하면 아무래도 결혼 전보다 먹을 것도 잘 챙겨 먹게 되고, 배우자로부터의 정서적 지지와 관심을 얻게 되니 혼자 살 때와는 전혀 다른 세계가 펼쳐져. 배우자를 통해 알게 된 사람들과의 새로운 교류도 할 수 있고 경제적으로도 보다 안정적인 생활을 할 수 있게 되고 말이야. 또 결혼을 통해 개인에서 부부로 다시 태어나고, 그 속에서 성장하면서 어른이 되어 가는 과정이 결혼이 주는 축복이자 선물이기도 하니까. 결혼이 아니라면 이런 경험은 불가능하고 또 타인과 그토록 끈끈하게 맺어질 수는 없을 거야.

《모리와 함께 한 화요일》이라는 책에서 모리 교수는 말하지. "타인에 대해 완벽한 책임감을 경험하고 싶다면, 그리고 사랑하는 법과 가장 깊이 서로 엮이는 법을 배우고 싶다면 자식을 가져야 하네." 모리 교수의 이 말에 100% 공감해. 내가 만약 자식을 낳아 보지 않았다면 엄마로서, 아내로서, 며느리로서의 책임감, 관계 속에서 오는 사랑 법을 모르고 독불장군식으로 살았을 테니까. 일하랴, 살림하랴, 애 키우랴 숨이 턱에 닿도록 뛰어다녔던 삶이었지만 힘들어서 죽을 것 같았던 순간을 지나고 나니 오히려 더 아름다운 추억으로 남았어. 또 그 힘들었던 순간이 내 인생에서 가장 많이 성장하는 시기였다는 생각도 들어. 세월이 갈고 닦아 놓은 고통은 고통이 아니라 유난히 반짝이는 별이 되는 것 같아.

가끔, 지나온 시절을 가만 되짚어 볼 때가 있어. 그럴 때면 수백만 번의 붓칠 끝에 완성된 '모네'의 '수련 연작 시리즈'가 생각이 나. '일편단심 민들레' 같은 남편을 만나 연년생 딸과 아들 낳아 성인으로 성장시키고, 묵묵히 시집살이를 견뎌온 시간이 한 점 한 점 정성껏 붓칠해서 완성된 그림처럼 느껴지니까. 걸작은 아니지만, 최선을 다해 스스로 만들어 낸 작품이라 더 애착이 가고 소중하다는 생각이 들어. 그렇게 살아온 시간이 내게 없었다면 지금처럼 풍경 좋은 그림이 되지는 못했을 거야. 아직 미완성 된 그림이지만 계속 좋은 그림이 나오도록 정성껏 붓칠을 해 나갈 생각이야.

엄마가 결혼 안 하느냐고 자꾸 잔소리한다고 지겨워만 하지 말고 가만 생각해봐. 결혼이 지긋지긋하기만 하고 안 좋은 것만 있다면 과연 엄마가 그렇게 등을 떠밀까? 엄마가 살아보니 결혼이라는 제도 자체가 혼자 사는 것보다 나으니까 자꾸 그러는 거야. 바보들! 결혼 안 하고 혼자 살면 날개 단 듯 살 거 같지만, 자유라는 게 어느 정도의 구속도 있어야 진정한 자유의 맛을 알게 되는 거라고. 결혼 전에는 안 보이던 것들이 아이를 낳고 키우면서 세상의 이치가 보이고, 그 나름의 즐거움이 있어. 그러니까 결혼 제도라는 게 지금까지 없어지지 않고 지속해 오는 거 아니겠니? 혼자 사는 사람이 결혼한 사람보다 평균 수명이 더 짧다는 조사 결과도 혼자 사는 외로움이 독이 된 건 아닐까.

세상에는 그냥 주어지는 건 없는 법이야. 사람은 아이를 낳아 기르고 관계 속에서 지지고 볶고 해야 삶의 의미를 제대로 느낄 수 있다고 생각해. 결혼이라는 제도에 진입하는 순간 가족이라는 새로운 관계가 생기고 그 가족이라는 관계가 절박한 상황도 극복하게 할 힘을 줘. 어떤 상황에서건 지켜봐 주는 누군가가 거기 있다는 것만으로도 위안이 되기도 하는 게 가족이라는 거거든. 몇몇 부부들에게서 결혼 전보다 훨씬 더 안정적이고 행복한 얼굴을 발견할 때가 있는데 그럴 때 역시 사람은 결혼이라는 제도가 필요한 거구나 싶어. 싱글 라이프로는 절대로 느낄 수 없는 것들이지. 우리 삶을 구원해 주는 것은 사람. 그중에서도 결혼이라는 제도가 준 가족이라는 걸 나는 믿어. '결혼 행진곡'을 작곡한 맨델스존이 정작 독신으로 살았던 건 결혼 생활을 유지하는 데 치러야 할 대가를 너무 과대평가했던 오류가 아니었을까?

엄마가 결혼 안 하느냐고 자꾸 잔소리한다고
지겨워만 하지 말고 가만 생각해봐.
결혼이 지긋지긋하기만 하고 안 좋은 것만 있다면
과연 엄마가 그렇게 등을 떠밀까?

남자는 뭐 사람 아닌가

나는 '남자답게', '남자가 돼가지고'라는 말이 싫어.
내가 원해서 남자로 태어난 것도 아닌데 어릴 때부터
"남자가 왜 울어!", "남자는 그러면 안 돼" 하는 말들을
들으며 컸지. 성인이 돼서도 마찬가지야.
남자가 남자답지 않네, 배짱도 없네,
여성화됐네 하며 비난해. 남자도 때로는 두렵고,
무섭고, 아파서 누군가에게 기대고 싶고
위로받고 싶다고. 왜? 사람이니까.
더도 덜도 말고 제발 사람으로만 봐줬으면 좋겠어.
나를 짐승이 아닌 사람으로 봐 주는 여자, 어디 없을까?

그랬구나. 네 마음을 잘 헤아려주지 못했던 것 미안! 난 네가 묵묵히 잘 살고 있다고 생각했는데 그게 아니었나 봐. 그렇게 힘들어하는 줄 몰랐어. 가재는 게 편이고, 초록은 동색이라고 나도 어쩔 수 없이 여자 편에만 섰던 것 같아. 생각해보면 너를 키우면서 누나와는 좀 다르게 키웠던 건 사실이야. 누나에게는 누구의 아내와 엄마이기 이전에 너의 이름을 갖고 주도적으로 살라고 가르치면서도 정작 네게는 남자를 강요하면서 키웠으니까. 요즘도 그랬던 것 같아. 누나의 결혼에 대해서는 신경을 많이 쓰면서도 너는 남자니까 천천히 해도 된다는 생각을 하고 있었지.

언젠가 네가 말했지. "학생이라는 신분에서 벗어나 딱 사회인이 되고 보니 뭘 어떻게 해야 하는 건지 몰라 깜깜했어. 외국에서는 고등학교만 졸업하면 집에서 독립하는데 우리나라에서는 그렇지 않으니까 더 힘들었던 것 같아. 또 나이 먹을수록 남자라는 책임감이 너무 부담스러워." 이 말을 듣는데 배우 정우성이 언젠가 TV에 나와서 한 얘기가 생각났어. 삶의 방향을 스스로 결정하기 위해 고등학교 자퇴를 결심했다던 말. 스스로 선택할 기회를 가지려고 학교를 중퇴했다는 정우성의 말은 많은 걸 생각하게 했어. 우리나라 환경이 뭔가를 스스로 선택하기보다 등 떠밀리는 삶을 살다 보니 막상 학교를 졸업하면 갈팡질팡할 수밖에 없지. 누구한테 일일이 물어볼 수도 없고 너 혼자 감당해야 했으니 너는 얼마나 힘들었겠니? 좋은 대화 상대가 되어주지 못해서 정말 미안해!

지금도 힘든 건 마찬가지일 거야. 친구들이 속속 결혼하니까 남들처럼 결혼을 해야 하는 건지, 이렇게 계속 혼자 살아야 하는 건지 판단도 안 서고. 결혼을 생각하면 우선 책임이라는 말이 떠오르고, 책임을 지자니 모아 놓은 돈도 없고 더구나 각오도 안 되어 있으니까 겁부터 나지. 내 가족이 생기면 끝까지 책임져야 할 걸 생각하면 '에이! 결혼은 무슨 결혼, 혼자 사는 게 편하지.' 하는 생각이 자연스럽게 들 거야. 그렇다고 독신으로 살고 싶은 마음도 아닐 테니 이러지도 저러지도 못한 기겠지.

연애는 뭐 쉽니? 여자들이 보고 듣는 게 많으니 일일이 요구하는 것도 많고, 거기에 일일이 맞춰주려니 버겁고 피곤하지. 바빠서 조금만 신경 안 써도 마음이 변했네, 관심이 없네 하며 시시콜콜 따지고. 연애도 이렇게 힘든데 결혼하면 얼마나 더 힘들까를 생각하면 결혼할 마음이 싹 가실 거야. 결혼하고 싶은 여자가 나타나도 마찬가지지. '저 여자랑 결혼하면 밥이나 얻어먹을 수 있을까?', '사치는 안 할까?', '명품 백 사달라고 조르는 거 아냐?', '부모님께는 잘할까?', '잘난 척은 안 할까?' 이런 생각을 하다 보면 적극적으로 나서 지지

않아. 밀당도 사치지. 밀당도 마음의 여유가 있어야 하는 건데 그조차도 할 여력이 없으니 웬만하면 '됐다, 패스'하게 되는 거잖아. 그걸 두고 여자들은 이 놈이 간을 보네, 계산기 두드리네 말들이 많으니 얼마나 억울해. 너도 마음 같아서는 씩씩하고 남자답게 "너, 나한테 올래?" 하고 싶지만 자신 없으니까 자꾸 망설이게 되고. 그러니까 20대 때는 여자란 무조건 예뻐야 한다고 생각하지만 30대 되면 배려해주고 공감해주는 여자에게 끌릴 수밖에 없어. 그런데 문제는 요즘에 그런 여자를 찾기가 쉽지 않다는 거야. 남자를 사람으로 봐주지 않으니까.

남자도 사람이라는 걸 깨닫게 된 건 나도 불과 얼마 전의 일이었어. 아빠와 산행을 하고 내려오는데 날이 저물었지. 산은 어찌나 어둠이 빨리 내리던지 갑자기 길이 안 보이더라고. 더듬거리며 산에서 내려오는데 등 뒤에서 누가 붙잡는 거 같아 얼른 아빠 앞으로 앞서 가며 물었어.

"이렇게 깜깜한 데 자기는 안 무서워?"

"안 무섭긴, 나도 사람인데 안 무섭겠냐?"

"……."

그 순간 아, 남자도 사람이지 하는 생각이 퍼뜩 들더라. 그렇게 강한 것처럼 보이더니 강한 게 아니라 강하고 싶어 했던 거란 걸 알게 됐지. 나이 들어가면서 강한 척, 남자인 척하지 않고 솔직하니까 오히려 인간적이어서 좋았어. 내가 더 잘해줘야지 하는 생각도 들었고.

너도 지금까지 남자라고 강요되어온 허울을 과감하게 벗어 버려. 이제는 아빠 세대의 가부장적이고 고루한 시대는 가고 남녀 모두 평등한 관계 속에서 공존해야 하는 시대가 되었어. 오랫동안 학습돼 온 남자라는 틀에서 조금은 자유로워져야할 때라고 생각해. 강한 척, 남자 인 척 안 하고 솔직해져야 좀 더 어렵지 않게 세상을 살아갈 수 있을 거야. '내가 남잔데' 하는 권위와 자존심도 조금은 내려놔야겠지. 그래야 여자가 '너도 나처럼 힘들구나!' 하면서 다독여 줄 거야. 아직 그런 여자가 안 나타나서 결혼할 마음이 없다고? 그럼 그런 여자가 나타날 때까지 결혼하라는 소리는 안 하는 걸로 하지 뭐.

미국의 여류 작가 펄벅은 좋은 결혼이란 개인의 변화와 성장을 가져오는 결혼이라고 했어. 너를 사람으로 인정해주고 동반 성장해갈 사람 만나면 꼭 붙잡아. 요즘 여자들이 조건을 너무 따진다고 하지만 사실은 완벽한 조건을 갖춘 남자를 찾는 게 아니야. 나만 사랑해 줄 거라는 믿음과 책임감이 있다면 조건도 다 내려놓을 수 있다고 생각하는 게 요즘 여자들이기도 해. 남자들이 썸이건 밀당이건 한 걸음 뒤로 물러서는 태도를 보이니까 확신을 못 갖는 거야. 여자들은 남자가 적어도 "내 마음은 이렇다, 나를 믿어"라는 확실한 태도를 보여주기를 간절히 바라거든. '용기 있는 사람이 미인을 얻는다'는 말 알지? 이 말을 바꿔보면 '확신 주는 남자가 좋은 동반자를 얻는다'가 될 거야. 너를 사람으로 봐주는 여자 있으면 한 번이라도 제대로 찍어봐! 아마 열 번 찍지 않아도 넘어올걸!

'당신'도 '당신'의 저자입니다

이 책의 원고를 넘기고 남편과 인도네시아에 왔습니다. 해발 200미터에 위치한 'BOGOR'라는 지역은 일 년 내내 평균 섭씨 28도 정도라는군요. 더울 거라는 내 예상을 깨고 선선한 가을 날씨가 계속 이어지니 얼마나 상쾌하고 좋은지요. 우리가 머무는 리조트에는 야자수 나무들이 그리스 사원의 기둥처럼 서 있습니다. 그 위로는 가을 같은 투명한 햇살이 스포트라이트처럼 비추고, 새소리와 풀벌레 소리가 함께 어우러져 싱그러운 초록의 향연을 펼치고 있어요. 사람보다 나무가, 나무보다 꽃이 더 많아서 마치 거대한 화원 안에 들어 와 있는 듯합니다. 느리게 산책하면서 꽃과 나뭇잎 위에 기어가는 벌레들과 일일이 눈을 맞춰 보네요. 영화 〈그린 파파야 향기〉의 무이처럼요. 초록색 잎사귀와 그것을 안식처 삼아 살아가는 벌레들, 나뭇잎 위에 떨어진 파파야 열매즙 등 자연에 대한 묘사가 아주 신비로웠던 영화였지요. 영화가 현실이 되기도 하는 게 '삶'이라는 거구나 싶습니다.

익숙하던 공간에서 뚝 떨어져 나오니 오롯이 남편만 보입니다. 큰 나무처럼 묵묵히 내 곁에서 시원한 그늘을 만들어 준 사람이지요. 문득, 34년 전 신혼여행 갔던 날이 떠올랐습니다. 해운

대 조선 비치에서 하룻밤 묵고 여수, 통영 등 한려해상공원을 돌았었지요. 배낭에 청바지, 자주색 커플 티를 입고서요. 몇 년 뒤 커플 티가 유행해서 우리가 원조라며 웃었던 기억이 납니다. 30주년 결혼기념일에는 신혼 여행코스를 다시 돌아봤는데 변한 건 우리 부부의 모습뿐만이 아니었습니다. 고즈넉하던 오동도는 이제 시끌벅적한 관광지가 되어 있었고, 동백 숲은 내 키의 두 배로 커져 있었지요. 나이 들어간다는 게 스산하게 느껴질 때도 있지만, 자연도 사람처럼 변한다는 게 위안이 되기도 했어요. 풋 사과처럼 풋풋하던 우리 부부가 세월을 굽이굽이 돌아 시든 사과처럼 쭈글쭈글해졌지만, 마음의 온기는 그대로 인 듯합니다. 프랑스 작가 몰리에르가 결혼은 사랑의 열매가 아니라 사랑이 결혼의 열매라더니 그 말이 헛말을 아니었구나 싶어요.

딸들을 위해 쓴 책이 오히려 나의 결혼 생활을 돌아보게 해준 것 같아요. 남을 위한 봉사가 알고 보면 자신을 위한 일이었다고 하듯, 딸들을 위한 조언이 결국 내 남은 결혼 생활을 앞으로 어떻게 살아갈지에 대한 성찰의 과정이었음을 고백합니다. 내게 결혼은 시작부터 고통의 연속이었지만 다 나를 단단하게 키워주는 도구였고, 오늘을 위한 과정이었다는 생각이 드네요. 젊었을 때는 짐작도 못 했던 일입니다. 그래서 결혼은 정말 해 볼 만한 가치가 있다고 생각해요. 사랑하고, 사랑받는 일 만큼 삶에서 더 의미 있는 일은 없을 테니까요.

우리가 머무는 방의 묵직한 손잡이를 조심스럽게 들어 창을 여니 야자수 나무에 바람이 스쳐 가는 소리가 들립니다. "쇄르르르, 쇄르르르…." 마치 소나기 소리 같기도 하고, 파도 소리 같기도 하네요. 그 소리를 들으며 동그란 테이블에 앉아 헬렌 니어링의 책 〈아름다운 삶, 사랑 그리고 마무리〉를 읽고 있습니다.

당신의 현재 생활은 책 속의 한 장에 지나지 않는다.
당신은 지나간 장들을 썼고, 뒤의 장들을 써갈 것이다.
당신이 당신 자신의 저자이다.

그래요. 나는 이 책을 썼지만, 여러분도 지금 여러분만의 책을 쓰고 있습니다. 서른을 어떤 태도로 시작하느냐 따라 인생이 달라지지요. 서른은 도착지점이 아니라 새로운 출발 지점이니까요. 여러분의 책 첫 페이지는 지금 이 순간부터 시작입니다. 지금부터 세상에서 하나뿐인 여러분의 책을 잘 써나가야겠지요. 멋들어지게 쓰려고 애쓰기보다 최선을 다해서요. 자, 그럼 준비되셨나요?

아!, 떠나온 지 며칠 되지도 않았는데 그리운 얼굴들이 떠오릅니다. 내 금쪽같은 딸, 아들, 내 책 《엄마의 주례사》를 읽고 딸과 의 결혼을 결심했다는 예비 사위 그리고 이 책의 한 페이지를 장식해준 예비 사돈 내외 분, 언니, 오빠, 동생들, 친구들. 작은 차이가 큰 차이를 만든다는 신념 하에 좋은 책을 만들어 주시는 알비 대표님 그리고 독자들! 모두 모두 보고 싶습니다. 곧 만나요!

인도네시아,
'back to nature' 빌라 리조트에서

엄마,
나 결혼해도
괜찮을까

펴낸날 초판 1쇄 인쇄 2015년 6월 22일
초판 1쇄 발행 2015년 7월 01일

지은이 김재용
펴낸이 최병윤
마케팅 이진영

펴낸곳 알비
출판등록 2013년 7월 24일 제315-2013-000042호
주소 서울시 마포구 성산로 144(성산동 275-56), 302호
전화 02-334-4045
팩스 02-334-4046
이메일 sbdori@naver.com
홈페이지 www.realbooks.co.kr

종이 일문지업
인쇄 · 제본 (주)상지사 P&B
디자인 Design Group all

ISBN 979-11-86173-22-0 (03810)

값은 뒤표지에 있습니다.
잘못 만들어진 책은 구입하신 서점에서 바꾸어 드립니다.

'알비'는 '리얼북스'의 문학·에세이·대중예술 브랜드입니다.

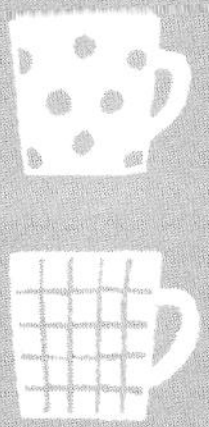